DIETRICH BÄCHLER

DER ÜBERFLIEGER

ROMAN

Herstellung:
Books on Demand GmbH Norderstedt
2003

ISBN: 3-8311-4832-5

I

Es war kalt auf dem dörflichen Friedhof. Kein Baum bot Windschatten. Ein blankes Feld zwischen niederen Ziegelmauern, umgegraben für die Toten, Hügel neben Hügel. Vorne in der zweiten Reihe, nahe der Mauer, die offene Grube für den Nächsten. Ludwig Hochkamm stand davor, links neben dem stellvertretenden Fraktionsvorsitzenden, der reden sollte, sobald der Geistliche sein Werk getan hatte.

So schnell hätte es nicht sein müssen, dachte Hochkamm. In fünf Jahren wäre ich 38, früh genug um Abgeordneter zu werden. Von mir aus hätten sie ihn noch einmal aufstellen können, den alten Biersack. Einfach so, aus Gewohnheit. Obwohl er nichts mehr gebracht hätte, ausgebrannt wie er war.

Den Tod hab' ich ihm nicht gewünscht. Und wenn schon, manchmal, im Zorn über seine Einfalt, es kann ihm nicht geschadet haben. Ich bin doch kein Magier. Ich kann denken, was ich will. Meine Gedanken bewegen nichts, keine Menschen, keine Geister. Er hat einfach zu viel gesoffen, der alte Biersack, das ist es. Zucker und Saufen, das hält ein Mensch in dem Alter nicht aus.

Dass er so fristgerecht gestorben ist, hätte ja nun wirklich nicht sein müssen. In einer Woche werden die Kreisdelegierten den Stimmkreiskandidaten aufstellen. Wenn sie den alten Biersack nicht mehr haben, werden sie an mir nicht vorbeikommen. Es gibt keine ernsthafte Alternative. Wieder einen der Alten, Verbrauchten, das können sie sich nicht leisten.

Ich sollte nicht daran denken, nicht jetzt am offenen Grab. Solange der Tote nicht unter dem Boden ist, darf man nicht ans Erben denken, sonst gibt es Unglück, hat meine Großmutter immer gesagt.

An den alten Biersack sollte ich denken. An das Gute in ihm. So gehört es sich beim Begräbnis.

Fast zwölf Jahre saß er im Landtag. Kein Starredner, auch nicht ministrabel, wie man so sagt. Wie sollte er! Hauptschule und Kaufmannslehre und dann die kleine Fabrik für Käseschachteln, vom Vater übernommen. Immer nur Käseschachteln, über was sollte er da reden im Landtag? Eine gute Haut war er jedenfalls. Ein wenig geklüngelt für seine Spezeln, wer tut das nicht? Immer dabei war er, wenn einer zum Schafkopfen gebraucht wurde in der Kantine. Immer gut drauf und einen Witz auf Lager.

Der Fraktionsvorsitzende hatte keine Scherereien mit ihm. Er blieb auf der Linie. Kein Abweichler, keine Profilneurosen. Geschimpft allenfalls unter Parteigenossen beim Bier. Nach dem dritten Glas überkam es ihn manchmal, sein Lieblingsthema: Der Mittelstand. „Kaputt gemacht wird er," schimpfte er dann. „Mit dem Maul sind sie alle dafür. Am Herzen liegt er ihnen, sagen sie. Aber wenn's drauf ankommt, stimmen sie für die Großindustrie." Das wiederholte er bis zum fünften Bier. Dann war er ruhig.

Der Fraktionsvorsitzende hätte auch selber kommen können, dachte Hochkamm. Aber dem ist der Biersack nicht so viel wert. Ein Hinterbänkler, problemlos. Ich werd`s nicht so billig geben, dachte Hochkamm. Hinterbänkler gewiss nicht. Und am Grab jedenfalls kein Stellvertreter.

Der stellvertretende Fraktionsvorsitzende war jetzt dran. Eine Unternehmerpersönlichkeit nannte er Biersack, der nicht nur den unternehmerischen Erfolg suchte, sondern auch der Allgemeinheit dienen wollte. So habe er die Doppelbelastung des Unternehmers und des Abgeordneten auf sich genommen. Für alle Bürger sei er dagewesen in seinem Wahlkreis. Ihr Anliegen habe er zu seinem gemacht. Ein Mann aus dem Volke für das Volk! „Der unermüdliche Einsatz für das Wohl aller zehrte an seinen Kräften und erschütterte seine Gesundheit. So beklagen wir seinen allzu frühen Tod. Die Fraktion, die Bürger seines Wahlkreises, wir alle werden Benedikt Biersack nicht vergessen!"

Dann klopfte die Erde auf den Sarg. Ludwig Hochkamm schauderte. Dieses Geräusch hatte etwas Unerbittliches, Endgültiges. Auch konnte er nicht in die Grube hinabschauen, ohne ein Kribbeln in seinen Beinen zu spüren, das rasch nach oben kroch.

Er ging nach hinten, wo die Witwe Biersack und ihr Sohn die Beileidsbekundungen entgegennahmen. Frau Biersack trug einen schwarzen Schleier vor dem Gesicht. Er konnte ihre Augen kaum erkennen. Dennoch hatte er den Eindruck, ihr Blick sei streng und abweisend, als glaube sie ihm das bekundete Mitempfinden nicht. Ich werde mich um sie kümmern müssen, dachte er. Es wäre nicht gut, sie würde abträglich über mich reden.

Der Sohn nahm sein Beileid ohne Vorbehalt entgegen. Er hatte schon mit dreißig die bauchbetonte Figur seines Vaters und jedermann glaubte, dass er die Leitung des Käseschachtel-Unternehmens aus dem Stand übernehmen konnte. Politischen Ehrgeiz hatte er bisher nicht gezeigt.

Ob er nicht zum Essen in den „Goldenen Adler" mitkommen wolle, fragte er Ludwig Hochkamm. Aber Hochkamm fürchtete den Blick der Witwe. Er müsse gleich in die Kanzlei zurück, es warte ein Mandant, sagte er.

In Wahrheit wartete niemand. Die Kanzlei ging noch immer schlecht. Er hatte sie von einem 70jährigen Kollegen übernommen, der sich zurückzog, eine Feld-Wald- und Wiesenkanzlei, wie man so sagt. Er machte alles, oft aber nichts. Besseres hatte sich ihm nicht geboten. Das zweite juristische Staatsexamen mit einem knappen ausreichend, da wird man nicht von Headhuntern verfolgt. Eigentlich entsprach die Jurisprudenz nicht seinem Rededrang. Rhetorik war im Examen nicht gefragt. Geduldig einen Sachverhalt unter den zutreffenden Paragraphen subsumieren, Schritt für Schritt, und immer streng der Logik folgend, das war nicht seine Sache. Er nahm gerne zwei Stufen auf einmal und merkte nicht, dass die Perle auf der ausgelassenen Stufe gelegen hätte.

Strafverteidigung, meinte er, müsste ihm am ehesten liegen. Da waren Rhetorik und der große Auftritt Trumpf, jedenfalls bei der Kundschaft. Kapitalverbrechen brachten die stärkste Publicity. Aber bisher war er nur in Einbrecherkreisen bekannt. Kleine Fische!

Den stellvertretenden Fraktionsvorsitzenden begleitete er noch zu seinem Dienstwagen mit Chauffeur, einem Siebener-BMW. „Du wirst jetzt ja bald zu unserem Haufen gehören", sagte der Abgeordnete. „Wir können junge dynamische Leute brauchen, Politrentner haben wir genug."

„Man soll den Tag nicht vor dem Abend loben", antwortete Hochkamm. Der Abgeordnete wusste nicht recht, ob Hochkamm seine Qualitäten meinte oder seine Wahlchancen. Er entschied sich für das Letztere. „Da kann nicht viel passieren," sagte er. „Bei der Kandidatenaufstellung hast du keinen Konkurrenten und bei der Wahl hat Biersack das letzte Mal 62 % geholt. Bei deinen Rednerqualitäten schaffst du locker 65 %.

„Wir werden sehen," sagte Hochkamm. „Biersack hatte auch seine Qualitäten." Es schien ihm gut heute bescheiden zu sein.

Als er den Parkplatz überquerte, um in seinen schwarzen VW Golf zu steigen, trat ihm Stefanie Quick in den Weg, die Leiterin der Kreisgeschäftsstelle seiner Partei. Es fiel ihm auf, dass sie sich herausgemacht hatte, als wollte sie nicht zur Beerdigung, sondern auf eine Cocktail-Party gehen. Ihr Gesicht war braun getönt, die Lippen hatte sie hellrot geschminkt, Augenbrauen und Wimpern schwarz gefärbt und die aufgeblondeten halblangen Haare hingen auf der rechten Seite mit keckem Schwung ins Gesicht. Selbst ihr schwarzes Kostüm, mit allzu kurzem Rock über hochhackigen Schuhen, vermochte nicht den Anschein von Trauer und Demut zu wecken. „Ludwig," sprudelte Frau Quick, „wir müssen dringend das weitere Verfahren besprechen. Die Kandidatenaufstellung muss laufen."

Ludwig fühlte sich überfallen. Er wäre jetzt gerne allein in seine Kanzlei gefahren. Nachmittags war seine Halbtagssekretärin nicht da. Er hätte an seinem Schreibtisch gesessen und durch das Fenster auf das emsige Straßentreiben geschaut. Vielleicht hätte er gar nichts gedacht oder noch ein wenig an Biersack und dessen Leben zwischen Käseschachteln und Parlament.

Dann hätte er seine Mutter angerufen. Nur um ihre ruhige, warme Stimme zu hören. Er brauchte sie jetzt. Der Blick in die tiefe Grube hatte ihn beunruhigt, auch die Tatsache, dass er seine Karriere aus dieser Grube starten sollte.

Ludwig, würde seine Mutter sagen, deine Skrupel ehren dich. Aber sie sind ganz und gar unnötig. Ohne Tod kein Leben, so will es die Natur.

Jetzt musst du vorwärts schauen und nicht zurück in die Grube. Deine Chance musst du beim Schopf packen. Du wirst es schaffen, Ludwig, ich spür' das und mein Gespür lässt mich nicht im Stich.

Stefanie Quick hatte kein Gespür für das, was ihm nottat. Als sie in seinen Golf stieg, ließ sie ihren kurzen schwarzen Rock hoch rutschen so weit es ging. Sie zog ihn nicht mehr gerade bis sie vor Ludwigs Kanzlei hielten. Auch packte sie ihn immer wieder am Arm, wenn sie ihm eindringlich von ihren Wahlplänen erzählte, so als wollte sie von ihm Besitz ergreifen. Er erschrak vor diesem Zugriff und das Steuer in seiner Hand schlug bedenklich aus.

Eigentlich hatte ihm Stefanie Quick schon alle ihre Pläne erzählt, als sie vor der Kanzlei ankamen. Aber sie wollte unbedingt mit ihm hochkommen. Sie hatte die beiden Räume, das Sekretariat und Ludwigs Arbeitszimmer noch nie betreten. Er fürchtete, sie würde alles schäbig finden. Die altmodischen, imitierten Chippendale-Möbel waren die seines Vorgängers. Die Polster trugen Spuren des Gebrauchs. Mandanten hatten sie hell geschabt oder dunkel gefleckt. Aber

Stefanie Quick fand alles toll und aufregend, besonders das Modell eines Sportflugzeugs, das auf einem halbhohen Bücherregal an der Seitenwand stand. Auf einer solchen Piper Tomahawk habe er seine Pilotenprüfung gemacht, erklärte ihr Ludwig Hochkamm. Und Stefanie meinte, dass er nicht nur ein vorzüglicher Jurist, sondern obendrein ein Pilot sei, imponiere ihr über alle Maßen.

Er aber dachte an die harten Kämpfe, die seinem Aufstieg in die Luft vorangegangen waren. Seine Mutter wollte nicht. Sie fand Fliegen gefährlich und für sein Fortkommen auf dem Boden der Tatsachen ohne Belang. Die Ausbildung kostete viel Geld. Sie war nicht bereit dafür Erspartes zu opfern, und Ludwig hatte als Referendar kein Geld. Aber Ludwig gab nicht nach. Er wollte in die Luft. Zwar plagte ihn Angst, doch stärker war das Gefühl, dort oben könnte er frei, froh und stark werden. Auch beschwichtigte er sein schlechtes Gewissen mit dem Gedanken, er werde im Fliegerclub reiche Leute kennen lernen, die er als Mandanten gewinnen könnte. So nahm er Geld auf und wurde Flugschüler.

Einmal oben, zunächst mit dem Fluglehrer, blickte er scheu nach unten und erwartete das gewohnte Kribbeln im Bein. Aber es blieb aus. Die Maschine war stärker als die Anziehungskraft der Erde. Sie zog ihn nach oben.

Stefanie Quick meinte, der Flugsport müsse sich doch im Wahlkampf verwenden lassen. Es gebe da einen Politiker, der springe mit dem Fallschirm mitten unter das Wählervolk. Das müsse man ja nicht nachmachen. Aber mit dem selbstgesteuerten Hubschrauber neben der staunenden Menge zu landen, stelle sie

11

sich auch ungemein wirkungsvoll vor. So ein Hub-schrauber mache unheimlich viel Krach und Wind. Und wer da von oben kommt, hat allemal den Nimbus des Heilsbringers, eine Art Lohengrin der Luft. Laut-los mit Schwan und Nachen, das käme ja heut' nicht mehr an, das wär' nur eine Lachnummer.

Ludwig musste Stefanie Quick enttäuschen. Er hatte keinen Pilotenschein für Hubschrauber. Diesen rotor-getriebenen Schlitten in der Balance zu halten, sei nicht einfach und erfordere einige Übung. Dazu fehle ihm als vielbeschäftigtem Anwalt die Zeit.

Dann müsse sie sich eben etwas mit dem Sportflug-zeug ausdenken, meinte Stefanie. Auf jeden Fall sollte man auf den Lohengrin-Effekt aus der Luft nicht ver-zichten.

In ihrer Begeisterung über Ludwigs Luftherrschaft hatte sich Stefanie auf dessen Chippendale-Schreib-tisch gesetzt, was ihr Gelegenheit bot ihren schwarzen Minirock noch einmal nach oben rutschen zu lassen. Aber Ludwigs Blick ließ sich nicht fangen. So kam sie zu der Erkenntnis, dass sie in den hoffnungsvollen Politiker langfristig investieren müsse.

Ludwig begleitete sie noch nach unten. Von dort wollte sie die wenigen Minuten bis zu ihrer Wohnung allein zu Fuß gehen.

Der Anwalt kehrte in seine Kanzlei zurück. Einige Minuten sah er in die Dämmerung hinaus. Er konnte auch bei Tag seinen Blick nach innen wenden und Bilder vorüberziehen lassen, die er sich nicht ausge-dacht hatte. Jetzt sah er sich im Hubschrauber über Biersacks Grab kreisen. Er strengte sich an, das Bild zu verdrängen, konzentrierte sich auf den Telefon-apparat und wählte die Nummer seiner Mutter.

Alles wurde ruhig in ihm. Er wusste , dass er alles schaffen werde.

II

Ludwig Hochkamm hatte noch als Referendar bei seiner Mutter, der Witwe Rosalie Hochkamm, gewohnt. Sein Vater, der Wirtschaftsprüfer Benedikt Hochkamm, war allzu früh einem Schlaganfall erlegen.

Als Anwalt bezog Ludwig eine Dreizimmerwohnung, zehn Gehminuten von seiner Mutter entfernt. Er besuchte sie häufig, um Sorgen und Freuden mit ihr zu teilen, denn noch immer konnte er keinen dauerhaften jüngeren Ersatz für sie finden.

Manchmal, wenn die Sorgen groß waren, setzte er sich wie als Kind zu Füßen seiner Mutter auf den Teppich, einen roten Buchara, um ihr so zu beichten. Danach gestand er sich diese Schwäche selbst nicht gerne ein. Dritten hätte er sie nie erzählt.

Heute konnte er aufrecht bleiben. Er hatte gesiegt. Einstimmig war er zum Stimmkreiskandidaten gewählt worden. Grund genug, um Champagner mitzubringen und mit seiner Mutter auf den Beginn seiner politischen Laufbahn anzustoßen.

„Nun wirst du also doch Berufspolitiker, wie es dir dein Vater schon in deinem zweiten Lebensjahr prophezeit hat," sagte Frau Hochkamm, umarmte ihren Sohn und küsste ihn auf beide Backen.

Mein Gott, jetzt kommt wieder die Geschichte von meinen Kinderreden, dachte Ludwig. Er hatte sie schon x-mal gehört. Aber er wollte seiner Mutter die Freude nicht nehmen.

„Du warst erst eineinhalb Jahre", begann Frau Hochkamm. „Um sieben Uhr abends musste ich dich jeden Tag ins Bett bringen, Punkt sieben Uhr! Dein

Vater war ein Ordnungsfanatiker. Aber eines Tages hast du dich kurz vor sieben Uhr aufgestellt und deine erste Rede gehalten. Du wusstest erst ganz wenige Worte: Mama, Papa, Auto, Ball. Auch die hast du bei dieser Rede nicht verwendet. Es kamen beliebige Silben, Vokale und Konsonanten aus deinem Mund, völlig wirr durcheinander. Aber der Ausdruck, der Ausdruck war sofort der eines routinierten Redners. Keine langweilige Eintönigkeit! Einmal kamen die Silben langsam und stockend, als würdest du mit ihnen ringen, dann wieder sprudelten sie leidenschaftlich. Laut und leise wechselten ebenso wie die Stimmlage, und deine Hände, deine Arme, dein Oberkörper, alles drückte aus, unterstrich, beschleunigte, bremste, hielt zurück oder hob empor.

Dein Vater war fasziniert. Er ließ dich reden bis fünf nach sieben. Ja, er schaute überhaupt nicht mehr auf die Uhr. Als du aufgehört hattest und stumm um den Tisch herum sprangst, um auch den Bewegungsdrang deiner Beine abzureagieren, lachte dein Vater schallend – er lachte sehr selten – klatschte Beifall und rief:"

„Der geborene Politiker, der geborene Politiker!" fiel Ludwig ein und lachte.

„Richtig", fuhr Frau Hochkamm fort. „Und von da an sagte dein Vater jeden Abend: ‚Ludwig, halte deine Rede!' Und du hast dich in Positur gestellt und die Silben sprudeln lassen. Immer mehr richtige Worte mischten sich darunter. Aber das war nicht das Entscheidende, entscheidend war der Ausdruck!"

„Und jetzt kommt die Geschichte von dem Biss auf die Zunge", sagte Ludwig.

„Nicht, wenn du sie nicht hören willst!"

„Doch, doch, ich will sie hören! Ich kann sie nicht oft genug hören!"

„Nun denn, mit zweieinhalb kamst du auf die Idee, dass deine Rede von oben besser wirken könnte. Du stiegst auf einen Stuhl. Mit drei wolltest du noch höher hinaus. Du klettertest auf den Tisch. Da passierte das Unglück! Du warst berauscht von deiner Rede. Vielleicht hattest du das Gefühl, es seien dir Flügel gewachsen. Vielleicht steckte die Flugleidenschaft damals schon in dir. Jedenfalls breitetest du deine Arme aus. Es war eine großartige Gebärde! Und dann sprangst du hinaus in die Luft, die dich nicht trug, sondern fallen ließ auf den Teppich, den rotbraunen Buchara.

Es wäre ja weiter nichts passiert, wenn du nicht deine Zunge herausgestreckt hättest beim Sprung. Ich weiß nicht, warum! Eigentlich ist das eine Geste der Verachtung, und du warst voller Begeisterung. Jedenfalls haben deine Zähne beim Aufsprung zugebissen, tief in die Zunge hinein, die ja prall mit Blut gefüllt ist. Das Blut schoss dir aus dem Mund, so dass ich dich eilends vom Buchara wegtrug ins Bad, wo ich das Blut ins Waschbecken laufen lassen konnte."

„Dem armen Papa wurde es auf der Stelle schlecht, weil er kein Blut sehen konnte", fiel Ludwig ein.
„So war es. Ich musste dich allein zum Hals-Nasen-Ohren-Arzt tragen, gleich um die Ecke.

Geschrien hast du nicht, keinen Ton! Du hieltst den Mund fest zugeklemmt, als hättest du Angst, deine Zunge könnte weiteren Schaden leiden. Und ich bangte mit dir! Ein Sprung in der Zunge, würde er bleiben? Eine Naht, eine Narbe? Würdest du lallen, stolpern, stottern?

Dr. Mandel beruhigte mich. ‚So kräftig beißen die Milchzähne nicht, Frau Hochkamm', sagte er. ‚Da ist nichts zu nähen. Die Zunge heilt von selbst. Was da klafft, schließt sich in wenigen Wochen und ist wieder glatt wie vorher!'"

„Die Zunge war rasch geheilt. Aber sie lief nicht mehr von selbst, hielt keine sinnlosen Reden mehr. War es nicht so?" fragte Ludwig.

„Deine Zunge hatte durch den Biss ihre Unschuld verloren", bestätigte Frau Hochkamm. „Sie bewegte sich nicht mehr ohne Kontrolle durch den Verstand, gab nur noch wieder, was dein Gehirn an Worten gespeichert hatte. Magere Sätze waren das. ‚Ludwig will spielen. Ludwig will nicht ins Bett.' Das hat deinen Vater nicht gerührt. Da war wieder Punkt sieben Uhr Zapfenstreich. Ich aber, Ludwig, ich habe gespürt, dein Pfingsten würde wieder kommen. Erst musste das Gehirn gefüllt werden, gefüllt mit Wörtern und Sätzen bis zum Überlaufen. Dann würden die aufgestauten Sätze sich Bahn brechen und uns alle mit sich reißen! Jede freie Minute habe ich dir vorgelesen. Grimms und Andersens Märchen, den Struwwelpeter, Max und Moritz. Die lustigen Sachen haben dir nicht so gefallen. Aber das Dramatische, das hat dich gepackt. Rotkäppchen zum Beispiel, die Szene mit dem kleinen Mädchen und dem verkleideten Wolf in Großmutters Bett. Ich musste das Rotkäppchen piepsen und du hast die Stimme des Wolfs dramatisch gesteigert, von der scheinheilig-flüsternden Großmutter-Imitation bis zum brüllenden Raubtier: 'Damit ich dich besser fressen kann!' Immer wieder musste ich dich fragen, warum du so einen großen Mund hast, und immer wieder hast du mit schaurig tiefer Stimme deine gefräßige Antwort gebrüllt.

Bald konntest du das Märchen auswendig und hast es auch gegen sieben Uhr abends vor deinem Vater rezitiert, der prompt vergaß auf die Uhr zu schauen. Es wurde gegen halb acht Uhr, bis du im Bett lagst.

Nur auf Stühle oder Tische bist du nie mehr gestiegen bei diesen Deklamationen. Du bliebst auf dem Teppich."

„Ja", sagte Ludwig," von hoch oben reden, das kann ich bis heute nicht mehr. Offenbar wirkt noch immer das Trauma vom Zungenbiss. Neulich passierte es mir in Wachtlfing. Diese Idioten vom Ortsverband hatten mir eine monströse Rednertribüne gebaut. Auf der Bühne des Gemeindesaals stand ein hölzerner Turm. Acht knarzende Stufen führten zu einer Plattform aus Brettern, auf der das Rednerpult stand. Ich war so töricht hinaufzusteigen. Als ich hinunterblickte auf die Wachtlfinger Bürger vor ihren Bierkrügen, spürte ich ein Kribbeln in den Füßen, das langsam die Beine heraufkroch, um sich dann immer schneller in den Verdauungsorganen auszubreiten. Auch begann das Blut aus meinem Kopf zu weichen. So viel konnte ich noch denken, ich musste schleunigst hier runter, sonst würde ich kläglich zusammensacken. Reden konnte ich nicht mehr. Ich musste stumm den Rückzug über die knarzenden Bretter antreten. Die Wachtlfinger lachten. Erst Einzelne im hinteren Eck, dann immer mehr und immer weiter vorne. Aber als ich unten ankam, waren meine Beine wieder fest und mein Kopf klar.

Ich stellte mich neben das Galgengerüst und sagte den Wachtlfingern, sie hätten mir einen schönen Turm gebaut, aber ich sei nicht vom Hochadel, ich sei ein Bürger wie sie. Und wenn ich mit ihnen spräche, wollte ich ihnen ins Gesicht schauen, von Gleich zu Gleich! Und ich hatte die Lacher auf meiner Seite."

„Ähnlich war es damals in Nürnberg auf dem Reichsparteitagsgelände", begann Frau Hochkamm wieder aus alten Zeiten. „Du musst etwa zehn Jahre alt gewesen sein. Wir sind damals über die steinerne Brücke hinausgegangen auf die riesige Rednerkanzel mit dem Reichsadler, die Kanzel, auf der Hitler zu den 400.000 Gläubigen im Stadion gesprochen hatte. Du konntest gerade über die Brüstung schauen, ohne dass wir dich hochheben mussten. Es waren keine Menschen im Stadion außer uns dreien.

Da sagte dein Vater scherzend: ‚Na, Ludwig, jetzt halt' mal eine Rede an dein Volk, wie einst der Führer!'

Ich hab' dich genau beobachtet. Du wolltest etwas sagen. Aber es kam nicht über deine Zunge. Du wurdest bleich und hattest Schweißtropfen auf der Stirne. Ich hab' deine Hand genommen, die eiskalt war, und dich rasch über die Brücke zurückgeführt in den dunklen, kalten Bau."

„Ich glaube", sagte Ludwig, „das war nicht allein die Höhe. Mir graute vor dem Meer der kalten Steine und der Rolle, die Vater mir zumutete. In diese Rolle wollte ich nicht schlüpfen."

„Deine Stimme bellt ja auch nicht wie die Hitlers", sagte Frau Hochkamm. „Deine Stimme ist melodisch, schmeichelt ein, bezaubert. Ich liebe Deine Stimme!"

Ludwig war gerührt. Er umarmte seine Mutter, verabschiedete sich dann aber rasch, nicht nur um weiteren Kindergeschichten zu entgehen. Es hatte sich tatsächlich ein Mandant in seiner Kanzlei angesagt und den wollte er nicht versäumen.

III

Ludwig Hochkamm stand in seinem Zimmer im vierten Stock des Abgeordnetenhauses, sah durch große schmutzige Scheiben hinaus auf die Dächer der Stadt, die im Dunst des Regens verschwammen, und versuchte noch einen Rest des Hochgefühls zu retten, das ihn am Tag seines Wahlsieges berauscht hatte. Es gelang nicht. Der Sieg war ausgelaugt. Übrig blieben weiß gestrichene Wände, ein billiger Schreibtisch mit schwarzen Stahlbeinen, ein Büchergestell aus gebeiztem Fichtenholz. Die hässlichen Möbel verdoppelten sich ihm gegenüber. Dort sollte der Abgeordnete Salzdobler sitzen, ein vierschrötiger Mann mit blaurot geäderten Backen, einer fettigen Glatze und einer lang gezogenen dunkelbraunen Warze unter dem linken Auge. Zwei Tage lang musste Hochkamm den Anblick ertragen. Dann, gleich nach der ersten Fraktionssitzung, klagte Salzdobler über heftige Bauchschmerzen, ließ sich in die nahegelegene Universitätsklinik fahren und wurde dort zur Behandlung von Nierensteinen einbehalten.

Ludwig Hochkamm hörte dies mit Erleichterung. Er empfand auch keinerlei Skrupel bei seiner Schadenfreude, wie sie ihn noch am Grab des Abgeordneten Biersack geplagt hatten.

Das Verschwinden der dunkelbraunen Warze konnte allerdings seinen Unmut über die schlechte Behandlung in der Fraktion nicht dämpfen. Neid war da im Spiel, Neid auf die 68 %, die er in seinem Wahlkreis geholt hatte. Deshalb verbannte man ihn in den Rechts- und Verfassungsausschuss. Wo war da Stoff zu finden für große Reden, die die Medien interessieren? In der Stille an Paragraphen fieseln, ihm graute davor! Dazu der Umgang mit dem Justizministerium, einer Ansammlung lederner Einserjuristen.

Lauter „Rührmichnichtan", dachte Hochkamm, die mit der Politik nichts zu tun haben wollen und von der Unabhängigkeit der Justiz reden, sobald man sie dazu bewegen will etwas zu unternehmen.

Sollte meine Stimme jetzt eingemottet werden? Seine Stimme, die ihn im Siegeszug von Festsaal zu Festsaal, von Bierzelt zu Bierzelt getragen hatte. Nie von hohem Podium, stets Auge in Auge mit dem Wähler, und immer Jubel, Begeisterung, Stimmung! Packen konnte er sie mit seiner dunklen, voll tönenden Stimme, die anklagte und lobte, vernichtete und erhob, Angst einjagte und väterlich beschützte, nie aber trocken belehrte.

Die Erinnerung brachte ein wenig Glanz zurück. Der Ministerpräsident hatte ihm persönlich zu seinem hohen Wahlsieg gratuliert und etwas von großen Aufgaben gesagt, die auf ihn zukommen, und nun der Rechts- und Verfassungsausschuss!

Dabei wollte er die Juristerei verkaufen. Schließlich war er jetzt Berufspolitiker. Er hatte seine Kanzlei ausgeschrieben. Die Interessenten schauten in die Bücher und dann wollten sie allenfalls noch ein paar Mark für die Chippendale-Immitate und den alten Computer geben. Da konnte er den Laden gleich dicht machen.

Gestern allerdings war dieser Bertram Pfeifer gekommen. Den hatten die Bücher nicht interessiert. „Dieses Büro", hatte er gesagt, „ist nur etwas wert, wenn Sie drin bleiben. Zumindest auf dem Schild müssen Sie stehen und auf dem Kopfbogen der Kanzleischreiben. Im Übrigen lassen Sie die Finger vom Büro. Ist eh' besser. Ein Abgeordneter der Regierungspartei auf dem Kopfbogen, das ist Geld wert, sonst nichts.

Wissen Sie, Herr Kollege, der unverbildete Bürger, der glaubt nicht an Paragraphen, der glaubt auch nicht an Gerechtigkeit, der glaubt an Menschen und deren Beziehungen. Aber das wissen Sie ja selbst. Sonst wären Sie doch nicht in die Politik gegangen. Der Bürger glaubt, so ein Abgeordneter, oder gar ein Minister, der wird's schon richten, und wenn hundert Paragraphen dagegen stehen.

So einfach ist das nicht, wir wissen das. Alles geht nicht mit Geld und Beziehungen, alles nicht, Gott sei Dank! Aber der Durchschnittsbürger glaubt's und findet es sogar in Ordnung so. Und darum müssen Sie auf dem Kopfbogen stehen, ganz oben, vor mir, vor Bertram Pfeifer. Dafür zahl ich Ihnen 25 % der Einnahmen unserer Kanzlei, 25 %, für die Sie keinen Finger rühren müssen."

Ludwig Hochkamm hatte das eingeleuchtet. Er hätte selbst darauf kommen können, dachte er. Bertram Pfeifer war kein Einserjurist, gewiss nicht, aber gewitzt war er, lebensnah. Der wird schon was bringen. Und davon 25 %, nicht übel!

Er hatte sich trotzdem Bedenkzeit ausbedungen bis heute. Denn gestern Abend war Ludwig Hochkamm mit seiner Mutter verabredet gewesen und ohne deren Segen wollte er so Wichtiges nicht abschließen.

Mama war wieder großartig gewesen. Alles hatte sie an die richtige Stelle gerückt. Der Rechts- und Verfassungsausschuss sei genau das Richtige, fand sie. Eine

23

Weile von der Bühne verschwinden nach dem großen Sieg. Abtauchen, bis die Neider sich beruhigt haben und an anderen Knochen nagen. Dann kann man an neuen Aufstieg denken. Der Ministerpräsident ist aufmerksam geworden, das ist die Hauptsache.

Das mit der Kanzlei sei in Ordnung. Viel ist da ja bisher nicht gelaufen. Und etwas Kleingeld neben den Diäten könne nicht schaden. Nur nicht mit seinem Namen Prozesse gegen den Staat führen. Da musst du dem Pfeifer einen Beißkorb verpassen. Sonst gibt's Ärger!

Aufgeregt aber hat sich die Mama, schrecklich aufgeregt, über die Küsserei der Quick auf der Siegesfeier. Sie hat es im Fernsehen gesehen. Es war aber auch peinlich. Gerade als die Kamera voll auf ihn gerichtet war, ist sie ins Bild gesprungen, hat ihm ein paar dürftige Nelken in die Hand gedrückt, ihn umarmt, ihn erst rechts und links auf die Backen und dann lange und nachdrücklich auf den Mund geküsst und der Reporter kommentierte dies mit der Bemerkung: „Mit ihm freut sich von Herzen seine Freundin, die auch im Wahlkampf stets an seiner Seite stand." Peinlich, jetzt gilt die Quick als seine Freundin.

Mama meinte, sie müsse etwas Grundsätzliches dazu bemerken, etwas Grundsätzliches zum Umgang mit Frauen, wenn man eine öffentliche Karriere anstrebt. „Da gibt es die, die sich wie Kletten an dich hängen, damit du sie mit hinaufziehst. Die musst du abschütteln, brutal abschütteln. Da gehört auch die Quick dazu. Die bringt dir nichts mehr, die will nur von dir profitieren. Kreisgeschäftsstelle der Partei, das hast du hinter dir. Und das Elternhaus: Kleinbürgerlich! Briefträger war der Vater. Einer, dem die Hunde ans Hosenbein gehen. Du brauchst eine, die dich hinaufzieht. Elternhaus mit Geld oder Beziehungen oder am besten mit beidem. Manager in der Wirtschaft, Chefarzt, Parteivorsitzender, Minister! Nach deren Töchter musst du dich umsehen, nicht nach Brieftauben. Von mir aus auch eine kleine Maus fürs Bett. Aber die muss ganz ohne Ehrgeiz sein und diskret. Kein Piepser in der Öffentlichkeit und zufrieden mit dem, was du ihr schenkst."

Großartig hatte Mama das gesagt. Aber die Schwierigkeiten liegen im Detail. Wie diese Stefanie Quick abschütteln, wenn man auf Sendung ist, voll im Bild, und die Frau wirft sich einem an den Hals. Stoß die mal zurück vor laufender Kamera. Brutalität gegen Frauen! Da kläffen die Emanzenmeuten von allen Seiten wie wild. Im Übrigen hat Stefanie den Wahlkampf gemanagt, wie es besser nicht hätte sein können. Immer voller werbewirksamer Ideen! Und nicht locker gelassen, bis die Idee Wirklichkeit wurde. Auch die Idee mit dem Hubschrauber. Gebohrt und gebohrt hat sie, bis Ludwig den Pilotenschein auch für Hubschrauber in der Tasche hatte. Alles aus Parteispenden bezahlt, von Stefanie eingeworben.

Dann der große Auftritt in der Aula der Realschule von Semmelfing. Er landet zwanzig Meter neben der Aula. Drinnen warten gespannt die künftigen Wähler. Die Fenster sind weit der warm flutenden Frühlingsluft geöffnet. Herein bricht das Donnern der Rotoren wie ein Orkan. Windstöße heulen durch den Saal, fegen das Papier vom Vorstandstisch und vom Rednerpult, wo eben der Kreisvorsitzende seine dürren Begrüßungsworte heruntergelesen hatte. Weg mit den Akten, weg mit dem bürokratischen Kram! Der da kommt, braucht kein Papier. Der da kommt, trägt alles in sich. Die Flügeltüre springt auf. Ludwig stürmt herein; blonde Locken, blau blitzende Augen über graublauer Pilotenjacke, darunter eng anliegende schwarze Hosen. Die meisten Zuhörer springen auf, klatschen Beifall, spüren den Wirbelwind in sich. Ludwig eilt mit Riesenschritten durch die Menge zum Rednerpult. Die Ordner schließen die Fenster. Ludwig kann beginnen. Ludwig hat die Menge in seinem Bann.

Wenn er daran dachte, versank der Schreibtisch des Abgeordneten Salzdobler vor ihm, auch das Bücher-gestell aus gebeiztem Fichtenholz. Der Raum weitete sich, ein warmer, rotbrauner Buchara lief vor ihm in die Ferne, wo ganz am Ende eine hohe weiße Flügel-türe mit goldenen Griffen aufschien. An den Wänden hingen Porträts festlich gekleideter Herren und Damen in breiten, barock geschwungenen Goldrahmen. Jetzt hatte jemand den riesigen Kristalllüster mit den vielen elektrischen Kerzen angezündet, der die Mitte des Raums bildete. Er leuchtete die Gesichter der Porträ-tierten aus. Eingerahmt von zwei schwarz gekleideten, bärtigen Herren, erkannte er seine Mutter in einem dunkelblauen Samtkleid mit brillantbesetzter, glit-zernden Brosche auf der Brust. Ihre Haare waren weiß gepudert und kunstvoll aufgetürmt wie bei Madame de Pompadour. Es öffnete sich die Flügeltüre in der Ferne und er glaubte Stefanie Quick zu erkennen, die nach wenigen Schritten stehen blieb, in eine Art Hof-knicks versank und mit schüchterner Stimme dem Herrn Minister den Besuch seiner Exzellenz des Bot-schafters von Ecuador meldete.

Dann klopfte es laut, hart und sehr nahe. Ludwig Hochkamm erschrak, fuhr auf aus seinen Träumen und rief „Herein". Wer eintrat, war einer der Amtsboten des Landtags. Er trug eine himmelblaue Dienstjacke, deren Ellenbogen farblos abstumpften. Der Amtsbote legte die Tagesordnung für die morgige Sitzung des Rechts- und Verfassungsausschusses auf den Schreibtisch. Dann wünschte er dem Herrn Abgeordneten einen schönen Abend und ging.

IV

Ein Jahr lang wirkte Ludwig Hochkamm in der Stille. Nie stand sein Name in der Zeitung. Nie richtete sich die Fernsehkamera auf ihn. Dann kam die Wende und die verdankte Hochkamm dem Baulöwen Lothar Protzer. Nicht, dass Protzer ihn willentlich gefördert hätte. Er kannte ihn gar nicht. Nein, Protzer war, wie die Juristen sagen, eine Bedingung, die nicht hinweggedacht werden kann, ohne dass Hochkamms Erfolg entfiele.

Protzer errichtete Bauten aller Art, zuerst kleinere, dann immer größere und verkaufte sie mit hohem Aufschlag weiter. Die Differenz vermehrte sein Vermögen, schnell und immer schneller, bis es lawinenartig anschwoll. Zu seinen Geschäften benötigte Protzer Grundstücke, Kredite, Baugenehmigungen und entgegenkommende Bebauungspläne. Dies lief nicht ohne Beziehungen und Beziehungen vermittelte die regierende Partei. Also zahlte Protzer Parteispenden. Erst bescheidene, dann, mit dem Anschwellen seiner Gewinne großzügige, so dass er schließlich beim Parteivorsitzenden, bei Ministern, ja sogar beim Ministerpräsidenten hoffähig wurde.

Was Protzer ärgerte, war die Tatsache, dass er seine großzügigen Spenden nur sehr beschränkt von der Steuer absetzen konnte. Also sann er auf Ausgleich und minderte seine Steuern nach eigenem Gutdünken. Dabei half ihm ein ehemaliger Steuerinspektor, den er vom Finanzamt unter Verdopplung seines Gehalts abgeworben hatte. Die Betriebsprüfer des Finanzamts fanden viele Jahre nichts Anstößiges in Protzers

Büchern. Vielleicht vermochten sie die Raffinessen ihres ehemaligen Kollegen nicht zu durchschauen. Vielleicht wollten sie auch nicht allzu genau hinschauen, in einer Art vorauseilendem Gehorsam gegenüber den Mächtigen des Staates, bei denen sie Herrn Protzer in hoher Gunst wussten.

So glaubte sich Protzer in Sicherheit und wurde immer kühner beim außergesetzlichen Steuersparen, dessen Ergebnisse seine Parteispenden längst um ein Vielfaches übertrafen.

Es gibt aber unter Beamten noch reine Toren, die sich nicht nach den Intentionen der Mächtigen richten, ja diese nicht einmal wahrnehmen. Meist zeichnen sie sich durch besonderen Eifer und einer Art Gesetzesfanatismus aus. Ein solcher Beamter erhielt eines Tages die Zuständigkeit Protzers Bauherrlichkeit zu prüfen, wohl ein Versehen seines Finanzamtsvorstehers. Bald entdeckte der Scharfsichtige das Ende eines roten Fadens, zog daran aus Leibeskräften, wickelte und wickelte, bis er ein riesiges Paket aufgeschnürt hatte, das nicht weniger als 12 Millionen DM hinterzogener Steuern enthielt. Der reine Tor erschrak zutiefst vor diesem Abgrund an Sündhaftigkeit, fütterte seinen PC immer wieder mit den gefundenen Zahlen, konnte ihm aber kein anderes Ergebnis entlocken. So unterrichtete er – eher ängstlich als triumphierend – seine Vorgesetzten, löste dort erhebliche Unruhe und Geschäftigkeit aus, die sich in zahlreichen Berichten niederschlug, mit denen die heiße Kartoffel weitergereicht wurde. Einer ging an die zuständige Staatsanwaltschaft.

Lothar Protzer, mit den Funden des reinen Tors konfrontiert, spielte zunächst den empörten Unschuldigen und nannte die Anschuldigungen „Hirngespinste eines abschusswütigen Paragraphenjägers". Seine mächtigen Gönner ließen ihn jedoch wissen, dass 12 Millionen entschieden zu viel seien. Dergleichen lasse sich mit dem Mantel der Spendendankbarkeit nicht zudecken. Protzer sagte zu seiner Frau, Undank sei der Welt Lohn, deckte sich mit Kleingeld ein und flog nach Südamerika, wo sich seine Spur verlor. 120 Millionen DM hatte er vorsorglich schon länger ins Ausland transferiert. Manche sagten nach Liechtenstein, aber das waren unbewiesene Behauptungen von Leuten, die diesem biederen Fürstentum übel wollten.

Die Opposition fand die Vorgänge um Lothar Protzer skandalös und suchte nach Schuld bei der Regierungspartei, um ihr den Skandal anhängen zu können. Sie tappte lange im Dunkeln, bis ein plaudernder Staatsanwalt ein Lichtlein aufleuchten ließ. Die Akten Protzer, so erzählte der Staatsanwalt, hätten bei Protzers Flucht schon seit drei Tagen beim Generalstaatsanwalt zur Prüfung gelegen, von diesem mit Nachdruck angefordert, und so hätte er den fertig vorbereiteten Antrag auf Erlass eines Haftbefehls nicht rechtzeitig in die Tat umsetzen können. Nur aus diesem Grund sei Protzers Flucht gelungen.

Die Opposition witterte Unrat und die Chance diesen vor den Medien auszubreiten. Hatte sich die Regierung des Staatsanwalts bedient um den sündhaften Spender verschwinden zu lassen? Fragen wird man wohl noch dürfen, äußerte die Opposition und verlangte das Erscheinen von Justizminister und Generalstaatsanwalt vor dem Rechts- und Verfassungsausschuss. Damit kommen wir endlich wieder zu Ludwig Hochkamm, denn den hatte die Regierungspartei zu ihrem Sprecher in dieser heiklen Sache auserkoren. Auferstehen würde er mit diesem Auftrag. Hochkamm war sich dessen sicher. Presse, Rundfunk, Fernsehen, alle würden sich auf ihn stürzen und er würde sie bedienen mit rhetorischem Feuerwerk.

Zunächst sammelte Hochkamm Material. Dem Generalstaatsanwalt war er bisher kaum begegnet. Es empfahl sich auch nicht, ihn vor der Sitzung des Ausschusses aufzusuchen. Das wäre wieder Futter für die Opposition gewesen. Also schickte er Stefanie Quick. Die hatte er noch immer nicht abgeschüttelt, mütterlichem Ratschlag zuwider.

Frau Quick berichtete Positives. Von diesem Mann, sagte sie, werden alle Verdächtigungen abprallen. Das ist kein Typ, mit dem man Schafkopf spielt und Lumpereien ausschnapst. Das ist ein Grandseigneur oder besser: Ein Gentleman. Denn alles ist englisch an ihm: Der rötlichgraue Schnurrbart, die wasserblauen, etwas hochmütigen Augen, die stark durchbluteten und daher heftig geröteten Wangen, das streng gescheitelte Haar, die Tweed-Jacke mit Fischgrätenmuster, die etwas ausgebeulten Flanellhosen, der sorgfältig gewickelte schwarze Stockschirm, den er am angewinkelten linken Arm trägt, sobald eine Wolke am Horizont zu erspähen ist.

„Ludwig", sagte Stefanie Quick, „du hättest den Blick sehen sollen, als ich diesen Gentleman auf den Verdacht ansprach, er hätte sich aus Regierungskreisen zugunsten Protzers beeinflussen lassen. Angewidertes Befremden, würde ich sagen, lag in diesem Blick. So, als brächte man ihn mit einer Welt in Berührung, die außerhalb seines Vorstellungsvermögens liegt. Wenn er den Abgeordneten Spießer von der

Opposition im Ausschuss so anschaut, bleiben dem seine Anschuldigungen im Hals stecken. Mir jedenfalls", sagte Stefanie Quick, „schauderte unter diesem Blick.

Mit einer Stimme, deren Kühle mich frieren ließ, erklärte mir der ‚General', bei der Schwere des Delikts und dem hohen öffentlichen Interesse sei es seine Pflicht gewesen, sich durch Aktenstudium gründlich zu informieren. Akute Fluchtgefahr habe damals bei Protzer niemand vermutet, auch nicht der plaudernde Staatsanwalt, der sich jetzt so klug vorkomme.

An diesem Gentleman", sagte Frau Quick, „wird sich die Opposition die Zähne ausbeißen."

Noch einen Trumpf gab Stefanie Quick Hochkamm in die Hand. Sie hatte das Leben des ‚Generals' gründlich recherchiert. War in alle Orte seines bisherigen Wirkens gereist, um dort auch die jeweiligen Kreisgeschäftsstellen der Parteien zu besuchen. Unter den Kollegen fand sie rasch den richtigen Ton, lockerte die Zungen und erhielt Antwort auf ihre Frage, ob der ‚General', der allgemein als parteilos galt, jemals einer Partei beigetreten war. Frau Quick wurde fündig. Die jetzige Oppositionspartei hatte ihn als 25-jährigen Referendar in ihre Reihen aufgenommen. Das war wohl in Vergessenheit geraten, denn der ‚General' zahlte längst keine Beiträge mehr. Aber eine Austrittserklärung ließ sich auch nicht finden. So notierte sich Frau Quick Eintrittsdatum und Mitgliedsnummer und bereicherte so Hochkamms Waffenarsenal.

Der trat dann auch im Ausschuss auf, als hätte er den ‚General' vor einem amerikanischen Schwurgericht zu verteidigen. Er ließ ihn als Zeugen in eigener

Sache auftreten, fragte ihn nach seiner Amtsauffassung, seinem Verhältnis zur Staatsregierung, und der ‚General' sang das hohe Lied des pflichtbewussten, gesetzestreuen, unparteiischen Beamten. Er bescheinigte der Staatsregierung äußerste Zurückhaltung gegenüber seinem Amt. Nie habe er Weisungen erhalten, schon gleich nicht im Falle Protzer.

Nach der Parteizugehörigkeit fragte Hochkamm nicht. Das sollte die Überraschungspointe seines „Plädoyers" werden. Seine Rede wurde eine vernichtende Anklage gegen die Opposition. Wie konnte die es wagen einen Mann mit üblen Verdächtigungen zu beschmutzen, der – sie alle hatten es so empfunden – nichts als Sauberkeit ausstrahlte, ein Grandseigneur des Rechts, nur darauf aus, der Wahrheit zum Sieg zu verhelfen, auch der Wahrheit über Lothar Protzer, die er zu ergründen suchte, wie es seine Pflicht war. Im Übrigen, hier wurde Hochkamms Stimme schneidend und süffisant, im Übrigen müsse er sich schon sehr wundern, dass die Opposition ausgerechnet ihren eigenen Parteigenossen verdächtige in pflichtwidriger Weise der Staatsregierung hörig zu sein und er nannte Eintrittsdatum und Mitgliedsnummer des ‚General'. Dessen gesunde, englische Röte verdunkelte sich zu Purpur, als hätte man ihn beim Stehlen ertappt. Er sah seine Chancen schwinden, eines Tages Oberlandesgerichtspräsident zu werden.

Die Abgeordneten der Opposition, die über Stephanie Quicks Recherchen nicht informiert waren, gerieten in völlige Verwirrung und verzichteten auf weitere Fragen. Sie wollten auch vom Justizminister nichts mehr wissen, denn der hatte schon bekundet, dass er nur wisse nichts zu wissen.

Am nächsten Tag stand Hochkamm in allen Zeitungen. Auch sah man ihn im Fernsehen. Der Ministerpräsident erinnerte sich wohlwollend seiner. Er war erleichtert über den parlamentarischen Sieg in der Affäre Protzer, denn er hatte seinen Amtschef veranlasst sich – einige Tage vor Protzers Flucht – beim Generalstaatsanwalt über den Stand der Ermittlungen zu erkundigen, sein gutes Recht, ganz gewiss! Aber man wusste ja nicht, was so ein Paragraphen-Grandseigneur in seiner Aussage daraus machen würde. Hochkamm, so meinte der Ministerpräsident, hatte eine Belohnung verdient. Es traf sich gut, dass erst vor zwei Wochen den Staatssekretär im Justizministerium der Schlag getroffen und man ihn mit vielen Ehren beerdigt hatte. Der Ministerpräsident erwog, Hochkamm die Nachfolge anzubieten. Dann aber kam ihm die Idee, durch eine kleine Rochade mehrere Probleme auf einen Streich zu lösen. Der Staatssekretär im Innenministerium stammte aus derselben Region wie sein Minister und bekannte sich auch zur selben Religion, der christkatholischen, beides Dinge, die gegen den Grundsatz der Ausgewogenheit verstießen. Er hatte überdies die 60 überschritten und Speck angesetzt, so dass schneidige Entscheidungen im Polizeieinsatz von ihm nicht mehr zu erwarten waren. Hochkamm wies all diese Mängel nicht auf. So beschloss der Ministerpräsident den alten Staatssekretär ins Justizministerium umzutopfen, den Jung-Dynamiker Hochkamm aber ins Innenministerium zu setzen.

Allerdings hatte er damit die Forderung der Frauenverbände nach einem zusätzlichen weiblichen Kabinettsmitglied nicht erfüllt. Alle Interessen konnte man eben nicht mit einer Person abdecken. Irgendwie musste er die Parteifreundin Ziegenpeter zufrieden stellen, die unentwegt für eine Frauenquote im Kabinett von mindestens 25 % trommelte. So schuf er den Posten einer Frauenbeauftragten in der Staatskanzlei im Rang einer Staatssekretärin und setzte Frau Ziegenpeter darauf. Nach diesen Entscheidungen nannte die Frau des Ministerpräsidenten ihren Mann genial.

Ludwig Hochkamm aber feierte. Über Nacht hatte er soviel Freunde gewonnen wie noch nie in seinem Leben. Alle scharten sich um ihn in der Landtagskantine und ließen ihn – auf seine Rechnung – mit Champagner hochleben. Stefanie Quick wich nicht von seiner Seite. Sie abzuschütteln war aussichtslos. Schließlich hatte sie sich im Falle Protzer verdient gemacht und wenn schon nicht mit einem Posten, so musste sie auf andere Weise entschädigt werden.

So nahm Hochkamm – durch einen hohen Alkoholspiegel aller Grundsätze enthoben – nach Mitternacht Stefanies Einladung an noch auf eine Tasse Kaffee zu ihr in ihre Wohnung zu kommen. Der Ernüchterung durch Kaffee beugte er mit Hilfe eines begleitenden Grappa vor und so trug ihn ein weicher Nebel in Stefanies Bett. Der Stolz des Siegers in parlamentarischer Schlacht verlieh ihm Manneskraft, aber, als er Stefanie damit beglücken sollte, meinte er durch den Nebel die Stimme seiner Mutter zu hören, und erinnerte sich ihrer eindringlichen Warnung vor den Gefahren einer Klette aus niederem Stande. Diese Erinnerung ließ seine Manneskraft jäh und nachhaltig einschrumpfen, so dass Stefanie um ihren wohlverdienten Lohn geprellt wurde. Sie war klug genug, sich darüber nicht unwillig zu zeigen. Vielmehr attestierte sie Hochkamm eine überaus verständliche Erschöpfung nach schwerem Kampf, von der er sich rasch erholen werde.

So schlief er in fremdem Bett beruhigt seinem ersten Tag als Staatssekretär entgegen.

V

Die Dienstzimmer des Innenministeriums und seines parlamentarischen Staatssekretärs lagen im ersten Stock eines gräflichen Palais aus den 30er Jahren des 19. Jahrhunderts. Der Graf hatte in diesen Räumen repräsentiert. Zwar waren die Originalmöbel im Zweiten Weltkrieg verbrannt. Weiträumigkeit und Höhe der Zimmer, auch die weißen Flügeltüren, die sie verbanden, wahrten aber noch immer gräfliche Hoheit, zumal es gelungen war angemessene Ersatzmöbel aus anderen Adelssitzen zu erwerben, Empire für den Minister, Biedermeier für den Staatssekretär.

Ehrfurcht gebot schon die riesige, marmorgeflieste Vorhalle, die man durchschritt, ehe man beim Minister oder beim Staatssekretär anklopfte. Hier versammelten sich die Bediensteten, wenn man ihnen von hoher Warte etwas verkünden wollte. Sie hatten alle Platz, vom Ministerialdirektor bis zum Amtsboten, Stehplatz allerdings nur, und leichtes Gedränge war beim Abgang nicht zu vermeiden.

Der Austausch von Staatssekretären verlief immer nach demselben Ritus. Zuerst sprach der Minister, dann der Personalratsvorsitzende, anschließend der alte Staatssekretär, schließlich der neue. Die Bediensteten spendeten Beifall.

Der Personalratsvorsitzende, ein junger Oberregierungsrat mit dem enzyklopädischen Namen Brockhaus, war heute leicht irritiert. Er hatte sogar erwogen sich krank zu melden und seinem Vertreter das Feld zu überlassen. Es gab keinen Zweifel, dieser Ludwig Hochkamm war identisch mit jenem redseligen Ludwig, der ihn durch die Referendarzeit begleitet hatte. Unsympathisch war er nicht gewesen. Eher ein patenter Kumpel, mit dem man gern ein Bier trank. Der Arbeitsgemeinschaftsleiter, ein schmallippiger, blasser Landgerichtsrat konnte ihn allerdings nicht leiden. Man sah es ihm an, wie es an seinen Nerven zerrte, wenn Ludwig ewig um ein juristisches Problem herumredete und auch nach tausend Worten nicht auf den Punkt kam. Einmal verlor der Landgerichtsrat die Beherrschung und wurde ausfällig. „Sie sollten lieber Staubsaugervertreter werden, Hochkamm", sagte er. „Hausfrauen könnten Sie sicher überzeugen, mich nicht!"

Das war zynisch. Richter werden leicht zynisch. Sie sitzen immer erhöht, und niemand darf ihnen widersprechen. Angst hatten wir schon, ob es der Ludwig schaffen würde im Examen, erinnerte sich Brockhaus. Nach all den schlechten Probeklausuren! Brockhaus sah ihn noch heute neben sich sitzen in dem großen Prüfungssaal, vielleicht eineinhalb Meter entfernt. Jeder hatte sein eigenes Tischchen, den Koffer mit den Kommentaren daneben. Ludwig schaute immer wieder herüber, verängstigt, flehend, als erwarte er Hilfe. Aber wie ihm helfen über die eineinhalb Meter, durch die die Aufsicht patrouillierte? Zuweilen tröstete sich Ludwig aus einer alten schwarzen Aktentasche. Sie enthielt sorgfältig eingewickelte Brote, Schokolade, Äpfel, Traubenzucker, eine Thermosflasche. Irgendeine liebende Person musste ihm das alles eingepackt haben. Er griff immer häufiger danach und solange er kaute, entspannte sich sein Gesicht. Geschafft hat es der Ludwig ja schließlich doch, knapp, aber ausreichend. Brockhaus wusste, dass er der Wiederbegegnung nicht ausweichen konnte. Warum also sollte er sie nicht gleich bei der offiziellen Begrüßung hinter sich bringen? Das Du musste er natürlich vergessen. Man duzt seinen Vorgesetzten nicht. Überhaupt, er würde es dem Staatssekretär überlassen, ob er ihn wiedererkennen wollte oder nicht.

Jetzt kam der Minister aus seinem Zimmer. Links von ihm der scheidende Staatssekretär, ein rundes rosiges Gesicht, die Augen hinter einer gutmütigen Hornbrille, rechts vom Minister der neue, brillenlos, mit forschem blauen Blick, den schmalen Kopf erhoben und leicht nach vorne gestreckt, als gelte es rasch über die Ziellinie zu kommen.

Die Bediensteten standen dichtgedrängt, aber den dreien hatten sie einen weiten Halbkreis frei gelassen, in deren Mitte ein Mikrophon stand.

Brockhaus trat aus der Menge heraus und ging den drei Politikern entgegen.

Hochkamm wusste sofort, dass er dieses Gesicht kannte. Ein Kollege aus der Referendarzeit, auch daran erinnerte er sich. Nur der Name kam nicht gleich. Den nannte jetzt der Minister und fügte hinzu, dass es sich um den Personalratsvorsitzenden handle.

Hochkamm war nicht verlegen. „Natürlich, Brockhaus, wir kennen uns doch!" rief er und drückte beide Oberarme des Personalratsvorsitzenden. „Eine fröhliche, sorglose Zeit damals als Referendar. Das hätten wir auch nicht gedacht, dass wir mal zusammen ein Ministerium managen, was, Brockhaus? Unter der Leitung des Herrn Staatsministers natürlich," fügte er gleich hinzu und blinzelte schalkhaft hinüber zum Minister, der die Szene mit Verwunderung beobachtete.

Der Minister sagte viel Freundliches über den scheidenden Staatssekretär. Besonders um das Bauwesen habe er sich verdient gemacht. Nun gehe er neuen, großen Aufgaben entgegen, zu deren Bewältigung wir ihm von Herzen Glück und Gesundheit wünschen. Hier setzte Beifall der Beamten ein, denn sie mochten den alten Staatssekretär, weil er sie in Ruhe gelassen hatte. Dann wandte sich der Minister dem neuen Staatssekretär zu. Man spürte, dass er lieber den alten behalten hätte, denn seine Worte blieben kühl und gingen nicht über das Notwendige hinaus. Von einem jungen Abgeordneten sprach er, der sich früh durch Tatkraft und Wortgewalt ausgezeichnet habe, Eigenschaften, die ihm auch in seinem neuen Aufgabenfeld zugute kämen. Schließlich wünschte er Hochkamm Glück und Erfolg. Der Beifall der Beamten war kurz und leise. Nur Brockhaus klatschte heftig, denn er glaubte, Hochkamm beobachte ihn.

Brockhaus war jetzt an der Reihe. Eigentlich wollte er etwas besonders Herzliches und Persönliches zu dem scheidenden Staatssekretär sagen. Aber er musste immer an den Neuen denken und an das Problem, ob er sich nun vor den Kollegen als alter Bekannter des Neuen bekennen sollte. So redete er zerstreut und mit mehreren Versprechern. Am Schluss sagte er, der Scheidende habe so viel Verständnis für ein gesetzestreues, unparteiisches Verwalten gehabt, dass er einer der „Unseren" hätte sein können. Erst als der Satz draußen war und der Minister spöttisch lächelte, wurde ihm bewusst, daneben gegriffen zu haben. Schließlich galt es unter Politikern nicht als Lob, einem Beamten zu gleichen. So bemühte er sich um einen neutralen Schlusssatz, in dem er das ausgleichende Wesen des Scheidenden hervorhob, das ein gutes Betriebsklima förderte.

Den Neuen bat er diese Tradition fortzusetzen. Dann fasste er das Stativ, an dem das Mikrophon befestigt war, mit der rechten Hand und zog es näher zu sich, als bräuchte er eine Stütze. Dass Staatssekretär Hochkamm ein offenes Ohr haben werde für die Probleme, Sorgen und Nöte aller Bediensteten dieses Hauses, sagte er schließlich, dessen sei er sich sicher, denn er habe dreieinhalb Jahre Referendarzeit mit ihm verbracht und ihn dabei als Kollegen kennen gelernt, der seinen Mitmenschen offen entgegenkomme, gleich welcher Herkunft sie seien.

Er war befriedigt über dieses diplomatische Bekenntnis zu gemeinsamer Vergangenheit und gespannt, ob auch Hochkamm in seiner Rede darauf eingehen werde.

Aber Hochkamm erhob sich nach wenigen Worten in die Luft. Er sei Flieger, sagte er. Und der Flieger sehe über kleinliche Zäune und Mauern hinweg. Er sehe ferne Horizonte, die Berge und das Meer. Das Gezänk des Alltags tief unten sei für ihn wie das Gewimmel der Ameisen. Ihnen etwas von dieser Perspektive zu vermitteln, darin sehe er seine Aufgabe. Nicht den Blick auf den einzelnen Paragraphen, auf bürokratische Hindernisse, auf formale Bedenken solle sie leiten. Nein, es gelte das große Ganze zu sehen, die Ziele der Politik im Auge zu behalten, die sich dem Gemeinwohl verpflichtet wissen. So schraubte er sich höher und höher und es dauerte zwanzig Minuten bis er sich wieder der Erde näherte und einen Landeplatz fand.

Der Beifall der Bediensteten ging über die Beamtenpflicht nicht hinaus. Ein Amtsrat sagte zu dem neben ihm stehenden Oberamtsrat, sie hätten nun einen Überflieger als Staatssekretär. „Wenn der einmal geht", fuhr er fort, „wird bestimmt keiner sagen, er hätte einer der Unseren sein können".

VI

Stefanie Quick war mit der Entwicklung ihrer Beziehung zu Ludwig Hochkamm nicht zufrieden. Immerhin nahm er sie jetzt manchmal mit in den Fliegerclub, und sie durfte auch hinter ihm sitzen, wenn er in der kleinen Piper seine Runden drehte. Er war ein anderer Mensch danach, freier und energischer im Auftreten. Vor allem spürte sie in diesen Momenten, dass er sie begehrte. So sehr sie sich darüber freute, hätte sie sich von ihm doch mehr Diskretion und Zurückhaltung in der Öffentlichkeit gewünscht. Schließlich war Ludwig eine Persönlichkeit des öffentlichen Lebens. Journalisten und Pressephotographen lauerten überall.

Oft zog er sie, kaum dass sie gelandet waren, mit sich in die Umkleide- und Duschräume, die an das Clublokal anschlossen, und sie fürchtete stets, es könne sie jemand beobachten. Den Umkleideraum verriegelte er von innen, um wie ausgehungert über sie herzufallen. Dabei zeigte er im Gegensatz zur Nacht seines Wahlsieges keine Schwäche, trumpfte vielmehr auf mit harter und ausdauernder Männlichkeit. Die ebenso unbequemen wie entwürdigenden Umstände ließen jedoch in Stefanie wiederum keine Freude aufkommen. So beschäftigte sich ihre Phantasie zuweilen mit Vorstellungen, wie sie Ludwigs Flugsicherheit in angenehmere Umgebung übertragen könnte. In ihrer Phantasie verwandelte sich ihr Bett in ein riesiges Cockpit, in dem Ludwig sie selbst flog wie eine Piper, so dass sie in Höhen getragen wurde, die ihr bisher unerreichbar erschienen.

Allerdings hatte sie als Leiterin einer Parteige-
schäftsstelle genügend Realitätssinn entwickelt um
solche Phantasien nicht ausufern zu lassen und ihren
Vorteil im Leben nicht zu vergessen.

Etwas musste das Opfer an Bequemlichkeit und
Würde in der Umkleidekabine ja für sie einbringen.
Und so forderte sie von Ludwig energisch, er möge
sie als Leiterin seines Büros im Ministerium anstellen.
Zunächst begründete sie dies mit der Behauptung, die
Liebe dränge sie dazu ihm auch im Alltag nahe zu
sein. Dann, als er nur mit Ausflüchten reagierte, droh-
te sie die Fluggemeinschaft, vor allem aber den Nachflug zu verweigern.

Diesen Gedanken wiederum konnte Ludwig nicht
ertragen und so ließ er den Personalreferenten des
Ministeriums kommen, einen 50-jährigen Ministerialrat namens Klostermeier.

Herr Klostermeier hatte Sinn für hierarchische Ordnung. Dem Minister, so sagte er, stünden ein persönlicher Referent und zwei Sekretärinnen zu, wovon eine
das Büro leite. Der Staatssekretär habe einen persönlichen Referenten und nur eine Sekretärin zu beanspru-
chen. So sei die Ordnung seit der Wiedererrichtung
des Ministeriums nach dem Kriege. Wahrscheinlich
habe dies schon vor dem Kriege so gegolten, aber das
könne er nicht nachweisen, weil die einschlägigen
Akten dem Bombenkrieg zum Opfer gefallen seien. Er
glaube nicht, dass der Minister auf diesen Unterschied
in den Vorzimmern verzichten werde. Auf jeden Fall
müsse man ihn fragen und dies – erlaube er sich vor-
zuschlagen – tue am besten der Herr Staatssekretär
selbst.

Der Minister verzichtete nicht. Er wollte aber auch eine dringende Bitte des Staatssekretärs nicht abschlagen, da er ihn in der Gunst des Ministerpräsidenten wusste. Also holte er Herrn Klostermeier und eröffnete ihm, dass er sofort drei Sekretärinnen brauche, der Arbeitsanfall in seinem Vorzimmer sei enorm gestiegen. Ähnliches gelte für das Vorzimmer des Staatssekretärs, dem man nunmehr zwei Sekretärinnen zubilligen müsse.

„Wo soll ich zwei neue Stellen hernehmen?" jammerte Herr Klostermeier. „Der Finanzminister gibt mir keine einzige!"

Dem Minister missfiel dieser kleinkarierte Einwand seines Beamten.

„Wer spricht von neuen Stellen", sagte er. „Ein Personalreferent muss flexibel sein, Phantasie entwickeln! Verteilen Sie um. Die jungen Leute sind heute alle Computerfreaks. Die brauchen keine Schreibkräfte. Die tippen selbst in ihren PC. Nehmen Sie den Jungen zwei Stellen weg, und das Problem ist gelöst!"

Im Vorzimmer des Staatssekretärs hatte bisher Frau Stricker allein regiert. Sie war 46 Jahre alt, geschieden und hatte einen 18jährigen Sohn in der Kollegstufe des Gymnasiums. Hochkamm war der dritte Staatssekretär, dem sie diente. Sie vertrat die Auffassung, je geräuschloser und unauffälliger eine Sekretärin funktioniert, umso besser sei das für ihren Chef. Er allein müsse glänzen. So schminkte sie sich wenig und trug gerne dunkelgraue Röcke oder Hosenanzüge von derselben Farbe. Nie zeichnete ihre Kleidung Rundungen ab.

Man hatte Frau Stricker gesagt, dass jetzt eine weitere Sekretärin kommen und sie entlasten werde. Aber sie hatte nicht geahnt, dass man sie so erniedrigen würde. Ihr Schreibtisch stand bisher neben der Türe, die zum Chef führte. Eines Morgens war er an die gegenüberliegende Wand gerückt, so dass sie der Cheftüre den Rücken zukehrte. Neben der Türe stand nun der Tisch der Neuen.

Stefanie Quick kam erst um halb neun Uhr. Sie war grell geschminkt und trug eng anliegende Edeljeans mit Goldgürtel.

Frau Stricker hätte sie am liebsten nach Hause geschickt, damit sie sich umzieht und abschminkt. Stattdessen sagte ihr Stefanie Quick, in welche neue Ordnung sie sich von nun an zu fügen habe.

„Sie werden wesentlich entlastet", erklärte Stefanie und lächelte, keineswegs freundlich, wie Frau Stricker fand, sondern spöttisch-hochnäsig.

„Die Post für den Herrn Staatssekretär läuft künftig über mich. Ludwig wünscht das so."

Das Ludwig ging Frau Stricker durch Mark und Bein. Wie kann man einen Chef mit dem Vornamen benennen, eine rüpelhafte Stillosigkeit.

„Ich empfange seine Besucher und melde sie bei ihm an", fuhr Stefanie fort. „Auch führe ich allein den Terminkalender. Schließlich werde ich ihm die gewünschten Erfrischungen servieren, vormittags Kaffee und nachmittags Tee sowie Fachinger Wasser. Die Schreibarbeit obliegt Ihnen."

Frau Stricker war stumm vor Entsetzen. Um etwas zu tun, wollte sie Frau Quick die Kaffeemaschine und den Teetopf zeigen. Die aber meinte mit ihrem hochnäsigen Lächeln, Frau Stricker habe sie wohl falsch verstanden. „Ich werde die Getränke servieren, kochen dürfen Sie sie weiterhin, es sei denn, Ludwig beschwert sich über Ihren Kaffee!"

Das war mehr, als Frau Stricker ohne Tränen ertragen konnte. Sie eilte hinaus auf die Toilette und weinte bitterlich. Nachdem sie ihr Gesicht gewaschen hatte, beschloss sie sofort den Personalratsvorsitzenden, Herrn Brockhaus, aufzusuchen. Es konnte doch nicht sein, dass man sie in so rüder Weise in die Ecke drängte. Herr Brockhaus ließ sie lange reden, ohne selbst etwas zu bemerken. Er hatte die Erfahrung gemacht, dass sich, insbesondere bei Frauen, durch geduldiges Zuhören viel von selbst erledigt. In Aktivitäten gegen die Obrigkeit und deren Verbündete ließ er sich im Augenblick nicht gerne hineintreiben. Er erwartete in den nächsten Monaten seine Beförderung.

So bedauerte er die prekäre Lage von Frau Stricker außerordentlich, meinte aber rechtlich wenig unternehmen zu können. Frau Quick sei Büroleiterin in Vergütungsgruppe IVa, Frau Stricker nur Sekretärin in Vergütungsgruppe Vb. Da stünden Frau Quick tariflich die höherwertigen Tätigkeiten zu. Sollte sie sich mit der Dame gar nicht vertragen, werde er sich gerne um eine andere Stelle für sie bemühen. Die wäre dann allerdings nur nach Vergütungsgruppe VIb bezahlt. Manchmal sei der Seelenfrieden allerdings mehr wert als Geld.

Frau Stricker brauchte Geld für ihren Sohn. Ihr geschiedener Mann zahlte wenig. So ging sie zurück an ihren Schreibtisch, der nun vor einer kahlen Wand stand. Der Staatssekretär beachtete ihren Rücken nicht, als er das Vorzimmer durchquerte. Er grüßte die andere.

Stefanie Quick baute ihre Macht langsam, aber stetig aus. Nach Frau Stricker nahm sie sich die Beamten des Ministeriums unterhalb des Rangs eines Ministerialrats vor. Aufmüpfiger Widerstand war von ihnen nicht zu erwarten. Die jungen Leute verfassten Entwürfe, die den Staatssekretär entweder auf dem Weg zum Minister passierten oder, wenn der Minister nicht im Hause war, ihm zur Unterschrift vorgelegt wurden.

Hochkamm fand es langweilig, dem Entwurf beigefügte ältere Schriftstücke durchzulesen, um den Hintergrund zu begreifen. Also schrieb er ein großes R auf den Entwurf, was Rücksprache bedeutete, und leitete ihn so an Frau Quick zurück. Die wiederum gab ihn dem Verfasser, der nun bei ihr um einen Termin für die Rücksprache bitten musste. Tat er dies nicht mit der erwarteten Ehrerbietung, wurde er barsch darauf verwiesen, anderntags wieder anzurufen, weil die Terminlage derzeit unübersichtlich sei. Bei unverändertem Tonfall des Anrufers wiederholte sich dieser Bescheid mehrmals. Regierungsrat von Ritterspieß zum Beispiel, der ihr zunächst in herrischer Tonlage nur den Rang eines Domestiken zuerkannte, musste dreimal bitten, wurde beim vierten Mal auf eine Wartebank vor der Tür gebeten und kehrte nach einer Stunde unverrichteter Dinge in sein Dienstzimmer zurück. Der Herr Staatsminister habe den Herrn Staatssekretär nun leider zu sich gebeten, sagte ihm Frau Quick und ihre Stimme wahrte die Neutralität eines Nachrichtensprechers.

Herr von Ritterspieß war bekehrt. Er brachte Frau Quick am nächsten Tag gelbe Teerosen.

Donnerstag Nachmittag war in der Regel der Fluggemeinschaft vorbehalten, es sei denn, zwingende Termine hielten Hochkamm am Boden fest. Dann dehnte sich die Flugpause auf zwei Wochen aus. In der zweiten Woche war Stefanie Quick ungenießbar. Herr von Ritterspieß hatte selbst mit Teerosen keine Chance einen Termin zu bekommen. Frau Stricker erhielt Schreiben zurück mit dem Bemerken dem Herrn Staatssekretär gefalle der Zeilenabstand oder die Randbreite nicht. Sie wusste, dass Stefanie Quick log um sie zu schikanieren. Aber sie klammerte sich an die Vergütungsgruppe Vb und schwieg.

War Frau Quick am Donnerstag in der Luft gewesen, verstrahlte sie rotbäckige Großzügigkeit. Oft gab sie Frau Stricker dann eine von ihren Konditorpralinen, die sie stets in der Schreibtischschublade hatte. In welcher Verfassung der Staatssekretär aus der Luft zurückkehrte, konnte Frau Stricker nicht sehen. Er ging in diesen Fällen nie durchs Vorzimmer, sondern sperrte die Gangtüre seines Dienstzimmers auf, als müsste er etwas verbergen. Meist klingelte er kurz danach bei Frau Stricker und verlangte, dass sie ihn mit seiner Mutter verbinde. Das war etwas Außergewöhnliches, denn alle anderen Verbindungen ließ er durch Stefanie Quick herstellen.

Seine Mutter, das ist seine gute Seite, dachte Frau Stricker. Und auf der stehe auch ich.

Einmal, als das Donnerstagsgespräch mit der Mutter sehr lange dauerte, bemerkte Stefanie Quick: „Heute dauert's aber lange, bis Mutti ihre Absolution erteilt."

Frau Stricker wusste vor Peinlichkeit nicht, in welche Ecke sie blicken sollte. Sie spürte, wie der Zorn in ihr aufstieg und ihre Gedanken überschwemmte. Mit rotem Kopf stürzte sie hinaus auf den Gang und erleichterte ihren überschwemmten Kopf durch Tränenfluss.

VII

Ludwig Hochkamm erhielt immer häufiger Besuch von Leuten, die so prominent waren, dass er sie nicht abweisen konnte, deren Anliegen ihm aber fürs Erste verborgen blieb. Zu ihnen zählte Günter Degen, Vorstandsmitglied einer aufstrebenden Firma der Rüstungsbranche, die Hubschrauber herstellte, aber auch allerhand Schießgerät für die Bodentruppe. Degens Auftreten war seinem häufigen Umgang mit Generälen angepasst. Er hielt sich gerade, wölbte die Brust weit über seine schlank gehaltene Taille, trug sein Haar, nach Art des amerikanischen Militärs, zu kurzen Stoppeln getrimmt und bewegte seine Gliedmaßen eckig. Seine Stimme allerdings überraschte. Sie kommandierte nicht, sie schmeichelte sich ein, klang melodiös und verband Worte und Sätze ohne Punkt und Komma.

Herr Degen kam das erste Mal an einem Montag gegen 17 Uhr und er plauderte, als hätte ihn Hochkamm zum Tee gebeten. Tee und etwas Gebäck stellte dann auch Stefanie Quick auf das Besuchertischchen, nachdem Frau Stricker ihn zubereitet hatte. Degen begann mit dem Wetter, bewunderte die Biedermeier-Einrichtung des Dienstzimmers, äußerte den Respekt vor den bisherigen parlamentarischen Leistungen Hochkamms, ließ seine Sympathie für Hochkamms Partei anklingen und erhob sich nach genau 20 Minuten mit der Versicherung, wie groß das Vergnügen gewesen sei, Herrn Staatssekretär kennen lernen zu dürfen.

Nach etwa drei Wochen erschien Herr Degen wieder. Dieses Mal erzählte er von der Produktion und den Entwicklungen seiner Firma.

Hochkamm hatte sich in der Zwischenzeit nach den Spenden der Firma für seine Partei erkundigt. Sie waren mäßig, aber regelmäßig. Merkwürdigerweise berichtete Degen mit besonderer Eindringlichkeit und Begeisterung von der Entwicklung neuer panzerbrechender Hohlladungen, die die massivsten Stahlplatten wie Butter durchbohren.

Hochkamm fragte sich, worauf dieser Degen hinaus wollte. Beziehungen zur Bundeswehr konnte er in seinem Ressort nicht suchen und die Polizei, die dem Innenministerium unterstand, brauchte keine Panzerabwehr. Aber er dachte an die regelmäßigen Dotationen der Firma, zeigte höfliches Interesse, ließ sich die Wirkungsweise einer Hohlladung ausführlich erklären und meinte scherzend, alle Energie auf einen Punkt zu konzentrieren sei auch in der Politik kein schlechtes Rezept, wenn man einen Durchbruch erzielen wolle.

„Ja", sagte Degen, „das ist der Frontalangriff. Aber oft, so stelle ich mir das als politischer Laie vor, muss man wohl geduldig auf Umwegen gehen um ans Ziel zu kommen."

Es waren genau wieder 20 Minuten vergangen, als sich Herr Degen erhob und Ludwig Hochkamm beim Abschied einlud sich die Wirkung einer solchen Hohlladung auf dem Versuchsgelände seiner Firma anzusehen. Er werde beeindruckt sein. Alles könne bequem und zeitsparend organisiert werden. Einer ihrer Hubschrauber werde ihn im Hof des Ministeriums abholen und dorthin auch wieder zurückbringen, nachdem man sich im Casino etwas gestärkt habe.

Einen für alle Seiten genehmen Termin könnten die Sekretariate ausmachen. Hochkamm sah keine Möglichkeit, dieses Angebot abzulehnen, ohne unhöflich zu sein.

Stefanie Quick, die er informierte, begeisterte sich sofort für Hohlladungen und bat mitfliegen zu dürfen. Aber Hochkamm lehnte ab, obwohl Stefanie mehrfach körpernah nachstieß.

Dieses Mal lenkten ihn keine Nachtfluggedanken davon ab sich am mutmaßlichen Rat seiner Mutter zu orientieren. Und die, da gab es keinen Zweifel, hätte Stefanies Begleitung rufschädigend gefunden.

Begleitung allerdings musste sein. Ein Staatssekretär, das hatte Hochkamm inzwischen gelernt, tritt nicht alleine auf. Er hat nicht nur einen Chauffeur, der ihm die Türe seines Wagens aufhält, er hat auch einen Adjutanten, der seine Mappe trägt und einen halben Schritt links hinter ihm geht. Ohne ihn wäre er würdelos, als liefe er hemdsärmlig.

Also musste Frau Quick, um ihre Niederlage zu vertiefen, den persönlichen Referenten, Regierungsrat Lindenblatt, verständigen, dass er Herrn Staatssekretär zu den Hohlladungen begleiten müsse. Herr Lindenblatt war nicht nur Jurist und evangelisch, er war auch Leutnant der Reserve bei den Panzergrenadieren. Blond und blauäugig ging er alle 14 Tage zum Frisör, ließ sich Schläfen- und Nackenhaar mit der Maschine kurz scheren und seinen Scheitel gerade ziehen, der auf halber Höhe links, die rechtsgerichteten Haare sauber von den linksgerichteten trennte.

Hatte schon der Flug zum Versuchsgelände Hochkamms Selbstwertgefühl kaum gesteigert, weil er nicht am Steuerknüppel sitzen durfte, so verlief die

Schießerei mit den Panzerfäusten für ihn frustrierend. Regierungsrat Lindenblatt war jung und undiplomatisch genug, sich mit seinen Kenntnissen und Erfahrungen als Panzergrenadier vorzudrängen. Er brillierte mit Fachausdrücken, erkannte sofort die technischen Verbesserungen gegenüber den Geräten, mit denen er bei der Bundeswehr hantiert hatte und drängte sich selbst zum Probeschuss, noch ehe Herr Degen, der die Vorführungen selber leitete, dem Herrn Staatssekretär und – in gebührendem Abstand – dem Adjutanten einen solchen „Selbstversuch" angeboten hatte. Man ließ ihn gewähren. Er schoss die Hohlladung genau in die Mitte der dicken Stahlplatte und als der Staudruck die Platte durchbohrte, blickte er mit naivem Stolz in die Runde, als wäre es sein kräftiger Atem gewesen, der den Stahl überwunden hatte.

Hochkamm verzichtete auf einen Probeschuss und Herr Degen, der die Enttäuschung seines hohen Gastes witterte, lud zum geselligen Zusammensein ins Casino. Er führte seine Gäste in ein kleines Gästezimmer, dessen Teakholz-verkleidete Wände Wärme und Intimität vermittelten. Dort erwartete sie die Ehefrau des Gastgebers in Begleitung ihrer erwachsenen Tochter. Obwohl die junge Frau, die Hochkamm auf Mitte zwanzig schätzte, ihre blonde Frische ausspielte, als sie ihm die Hand zur Begrüßung bot, war es doch die dunkelhaarige Mutter, mit den kleinen silbernen Strähnen, die ihn sofort faszinierte. Ein lindgrünes Chanelkostüm verlieh großstädtische Eleganz. Aber daran allein lag es nicht. Es waren die dunkelbraunen Augen, das ungekünstelte Lächeln, die ihn ansprachen, ohne Antwort zu fordern. Alles in diesem Gesicht kam ihm offen entgegen, interessierte sich für ihn, ließ sogar mütterliche Besorgnis erkennen, wenn sie meinte, es gehe ihm etwas ab an Gastlichkeit. Er war sich sicher, es bedurfte keiner fliegerischen Stärke, um vor diesem Blick zu bestehen.

Man setzte sich um den einzigen, runden Tisch, der mitten im Raum stand, und Hochkamm war froh, dass ihm die Frau des Gastgebers als Tischdame zustand, während sich Regierungsrat Lindenblatt der blondfrischen Tochter widmen durfte.

Frau Degen wusste das Gespräch zu lenken, ohne dies den Partner spüren zu lassen.

„Politiker und Manager der Wirtschaft", sagte sie, „sind doch die Leitfiguren unserer Zeit. Beider Schicksal hängt am Erfolg. Erfolgreich sein oder von der Bühne verschwinden, das sind für sie die Alternativen."

Hochkamm nickte zustimmend. Dass Frau Degen ihn den Topmanagern gleichstellte, gefiel ihm.

„Misserfolg", fuhr Frau Degen fort, „äußert sich für den Manager in den roten Zahlen, die er fürchtet wie den Teufel. Und die roten Zahlen des Politikers, na ja, das sind wohl die verlorenen Wählerstimmen. Wahltag ist Zahltag, sagt man.

Allerdings, ob der Politiker in der Gunst des Wählers steht, hängt, so glaube ich, nicht allein von objektiven Kriterien ab, wie der Erfolg eines Unternehmens. Da spielt Subjektives, da spielen Stimmungen, Überzeugungskraft des Politikers, Unterstützung durch die Medien, also gute Werbung eine große Rolle."

„Das ist doch in der Wirtschaft nicht anders", warf Hochkamm ein. „Kein Produkt verkauft sich ohne

Werbung und die Methoden der Werbung werden immer raffinierter, immer aufwendiger.

Von der Wirtschaft haben die Parteien doch gelernt, wie man Werbestrategien entwickelt."

„Sicher, sicher", sagte Frau Degen. „Aber Sie vergessen einen wesentlichen Unterschied. Die Wirtschaft wirbt nur für das Produkt, nicht für den Manager. Der Politiker dagegen muss sich selbst zu Markte tragen, muss für seine Person werben, mit seiner Person überzeugen. Dazu braucht er persönliche Ausstrahlung, ja, ich würde sagen, schauspielerische Fähigkeiten."

Hier stutzte Hochkamm. Er witterte Abträgliches, eine Herabsetzung seines Standes.

„Schauspielerische Fähigkeiten", sagte er, „das klingt, als wollte der Politiker seinen Wählern etwas vormachen, was nicht seiner eigenen Überzeugung entspricht, als versuche er stets in die Rolle zu schlüpfen, von der er glaubt, dass sie am meisten Beifall findet. Was mich anlangt, so kann ich Ihnen versichern, was ich sage, das glaube ich auch! Und meine Wähler spüren und honorieren das!"

„So habe ich das mit der Schauspielerei doch nicht gemeint", beschwichtigte Frau Degen. „Ich denke da gewiss nicht an Schmierenkomödianten. Es geht um solide Schauspielkunst, um gute Sprechtechnik, überzeugende Gesten, unverkrampfte Haltung, vor allem aber um persönliche Ausstrahlung, die man über die Rampe bringt und die das Publikum magnetisch anzieht. Die hat man oder man hat sie nicht. Die lässt sich nicht erlernen.

Ich habe Sie mehrfach im Fernsehen gesehen, Herr Hochkamm. Sie haben alles, was den guten, soliden

Schauspieler ausmacht. Haltung, Gestik und Sprache, alles ist stimmig. Und vor allem, Sie füllen den Raum mit Ihrer Ausstrahlung. Obwohl doch nur ein flaches Bild von Ihnen auf der Scheibe zu sehen ist, hat man das Gefühl, als rühre ein warmherziger Mensch aus Fleisch und Blut uns alle an."

Ein kleinwenig zweifelte Hochkamm noch, ob er diesem überströmenden Lob trauen durfte. Aber er konnte nichts Spöttisches in den Augen und Mundwinkeln seiner Tischdame finden. So ergab er sich schließlich dem arglos-liebevollen Blick, in dem sich Bewunderung und Fürsorge mischten wie bei seiner Mutter.

Scherzend begann er selbst zu erzählen, wie früh sich, nach den Schilderungen seiner Mutter, das rednerische Talent bei ihm geäußert habe, berichtete von den lautmalerischen Deklamationen, von den Märchenerzählungen und den ersten Auftritten für die Partei. Nur den Zungenbiss ließ er weg und die Höhenangst, die ihn seitdem befiel, von anderen Ängsten ganz zu schweigen.

„Ja", bemerkte Frau Degen, „das Außergewöhnliche, das Geniale bricht sich schon in frühester Kindheit Bahn, so wie man auch das Gewöhnliche bereits im Gesicht des Säuglings erkennt."

Hochkamm fühlte sich immer wohler in dieser Gesellschaft, so dass ihm gar nicht bewusst wurde, den Nachtisch, mousse au chocolat an Erdbeeren, bereits verzehrt und obendrein einen Espresso getrunken zu haben. Auch gönnte er seiner Spezial-Fliegerarmbanduhr keinen Blick. So musste Regierungsrat Lindenblatt, den die blond-frische Tochter weniger fesselte, aufstehen und seinem Chef ins Ohr flüstern, dass der nächste Termin nur bei sofortigem Aufbruch noch zu erreichen sei. Beide geleiteten sie ihn zum Hubschrauber, Frau Degen und ihr Mann, während die blond-frische Tochter nach knappem Abschied mit ihrem dunkelblauen BMW-Cabrio entschwand.

Es war Frau Degen, die auf dem Flugfeld mit besonderer Wärme in der Stimme bemerkte, ein so interessanter Gedankenaustausch wie der heutige bedürfe der Fortsetzung. Sie sei hoffentlich nicht zu kühn, wenn sie Herrn Staatssekretär bitte, ihn demnächst in familiärem Kreise in ihr bescheidenes Heim einladen zu dürfen. „Eine glänzende Idee meiner Frau", setzte Herr Degen sofort nach, „die ich wärmstens unterstütze. Immer hat meine Frau die besten Ideen!"

Hochkamm fühlte sich noch eingehüllt von mütterlich-fraulichem Wohlwollen. Er beugte sich über den schmalen Handrücken, dessen vereinzelte braune Altersflecken ihm wie lustige Sommersprossen erschienen. Als er den Kopf wieder aufrichtete, rief er in ungehemmter Begeisterung: „Ich freue mich auf ein Wiedersehen mit der Familie Degen!" Dann stieg er in die Kabine des Hubschraubers und als er dem Ehepaar Degen aus dem senkrecht aufsteigenden Flugzeug zurückwinkte, kam es ihm vor, als werde er von einer Welle der Sympathie emporgehoben.

VIII

Brockhaus, inzwischen zum Regierungsdirektor befördert, hatte neuerdings Schwierigkeiten mit seinem Examenskollegen Hochkamm. Nicht zuletzt durch dessen Unterstützung war er Personalreferent für die Beamten der Polizei geworden. Nun wollte Hochkamm ihn dankbar sehen. Brockhaus aber meinte, auch Dankbarkeit müsse sich an Paragraphen halten.

Dass Hochkamm eine besondere Liebe zur Hubschrauber-Staffel der Polizei entwickeln würde, hatte Brockhaus vorausgesehen. Warum jedoch musste sie sich einseitig auf den Polizeimeister Bürklein konzentrieren, der nicht einmal der Partei des Staatssekretärs angehörte?

Hochkamm benützte die Hubschrauber-Staffel nicht nur zu gelegentlichen Dienstflügen, er besuchte sie regelmäßig und flog mit, wenn der Verkehr überwacht oder ein flüchtender Verbrecher gesucht werden musste. Dabei bestand er des öfteren darauf, selbst das Flugzeug zu steuern. Dann saß Polizeimeister Bürklein neben ihm und korrigierte seinen Flugstil auf ebenso höfliche wie bestimmte Weise. Manchmal taten sie nur so, als hätten sie polizeiliche Aufgaben zu erfüllen, der Staatssekretär und sein Lehrmeister. In Wahrheit ging es allein darum, Hochkamms Künste auf dem Hubschrauber zu vervollkommnen.

Stefanie Quick durfte nicht mit, wenn Hochkamm die Flugstaffel besuchte, obgleich der Staatssekretär sich sehr stark fühlte, sobald ihm Bürklein ein neues Flugkunststück beigebracht hatte. Nicht einmal Regierungsrat Lindenblatt begleitete ihn. Hochkamm fühlte sich in der Flugstaffel wie ein Kamerad unter Kameraden. Dazu brauchte er keinen Hofstaat.

Nun hatte Bürklein einen runden Geburtstag und Hochkamm wollte ihm eine Freude machen. Was, dachte er, freut einen Beamten mehr als seine Beförderung? Bürklein sollte Polizeiobermeister werden, genau an seinem Geburtstag. Er würde ihm die Beförderungsurkunde vor allen Kameraden der Flugstaffel persönlich aushändigen. Anschließend werden sie in fröhlich-kameradschaftlicher Runde einige Gläser Champagner auf das Wohl des Jubilars trinken. Das sollte auf seine, Hochkamms Rechnung gehen, genauer auf Rechnung seines Repräsentationsfonds. Ein schöner Tag wird das, dachte Hochkamm. Denn nichts liebte er am Geschäft des Politikers so sehr wie die Möglichkeit, Freuden zu spenden und dafür Dankbarkeit zu ernten.

Hochkamm bestellte Regierungsdirektor Brockhaus zu sich, damit er die nötigen Formalien einleitete. Aber Brockhaus äußerte Bedenken.

„Bürklein ist noch nicht an der Reihe", sagte er.

„Wir haben unsere Beförderungsrichtlinien. Sie berücksichtigen die Note der dienstlichen Beurteilung und die Dienstzeit und danach können wir Bürklein frühestens in zwei Jahren befördern. Nicht weniger als zwölf Polizeimeister rangieren vor ihm."

„Keiner von denen fliegt wie Bürklein. Er ist außerordentlich. Er ist ein Virtuose. So ein Hubschrauber verhält sich wie ein launisches, überzüchtetes Reitpferd. Man braucht Einfühlungsvermögen, Fingerspitzengefühl um ihn vollendet zu beherrschen. Bürklein kann das. Ich hab' unendlich viel von ihm gelernt.

Das Außerordentliche verdient außerordentliche Belohnung. Da muss man auch einmal über seinen Schatten oder über unsere Richtlinien springen können! Brockhaus, geben Sie sich einen Ruck!"

Brockhaus sah gequält in das Angesicht seines Vorgesetzten. Wie sollte er den Begeisterten in die Nüchternheit des Rechts zurückführen?

„Herr Staatssekretär," sagte er schließlich und bemühte sich um Ruhe und Festigkeit in der Stimme.

„Sie beurteilen jetzt die Leistungen des Herrn Bürklein. Aber das haben seine Vorgesetzten schon getan und dabei auch sein fliegerisches Können berücksichtigt. Das Ergebnis war „Erheblich über dem Durchschnitt". Dieselbe Note haben die zwölf Polizeimeister, die schon länger auf ihre Beförderung warten als Bürklein. Ihre Fähigkeiten liegen eben auf anderem Gebiet. Würde ich ihnen Bürklein vorziehen, verstieße ich gegen den Gleichheitsgrundsatz, den unsere Verfassung garantiert. Und der Gleichheitsgrundsatz, das haben wir beide im Staatsrecht gelernt, Herr Staatssekretär, der Gleichheitsgrundsatz ist der Grundpfeiler des Rechtsstaats. An dem wollen wir doch nicht rütteln. Da werden Sie mir nicht widersprechen, Herr Staatssekretär!"

„Nicht im Grundsatz, Herr Brockhaus. Aber man muss die Grundsätze hochhalten, damit man unter ihnen hindurchmarschieren kann. Das ist ein Scherz, Herr Brockhaus. Aber um ernst zu bleiben: Das habe ich immer gehasst an der Jurisprudenz, diese Prinzipienreiterei, diese Ausnahmslosigkeit, diese sture Kleinlichkeit. Nur keine spontanen Einfälle, nichts Außergewöhnliches, nichts außer der Reihe, keine Geste der Großzügigkeit. Man muss doch einmal alle

Fünfe gerade sein lassen und das Ungleiche gleich, wenn es denn sein muss. Überhaupt dieser Gleichheitsgrundsatz, den alle heilig sprechen. Er ist doch eine Fiktion. Die Natur kennt ihn nicht und unsere Gesellschaftsstruktur auch nicht. Man ist schön oder hässlich, dumm oder gescheit, gesund oder krank, stark oder schwach. Man kommt reich auf die Welt oder arm, hat Beziehungen oder keine, ist mitleidig oder boxt sich rücksichtslos nach oben, gewinnt im Lotto oder wird insolvent. Und wenn wir nicht alle ungleich sein wollten, jeder etwas Besonderes, würde sich dann irgend etwas bewegen in der Welt, gäbe es dann irgend einen Fortschritt und säßen wir nicht alle noch auf den Bäumen und äßen die gleichen Bananen? Und da wollen Sie die Gerechtigkeit auf der Welt ausgerechnet festmachen an der Beförderung vom Polizeimeister zum Obermeister! Was für eine schrullige Idee! Der Bürklein ist tüchtig und hat es verdient und er hat obendrein das Glück, dass er einem flugbegeisterten Staatssekretär begegnet ist. Ohne Glück bleibt der Tüchtigste erfolglos. Also geben Sie ihre juristische Phantasielosigkeit auf, Herr Brockhaus, und lassen Sie das Geburtstagsgeschenk für den Bürklein beurkunden!"

Brockhaus war für Minuten sprachlos, einfach berauscht vom Redefluss Hochkamms, der seine nüchterne Denkungsart überspülte. Aber bald tauchte er wieder auf aus den Fluten und hielt seinen Kopf an die trockene Luft.

„Es geht ja nicht um Gleichmacherei, Herr Staatssekretär," sagt er dann leise, aber bestimmt. „Auch nicht darum, alle Ungerechtigkeiten der Natur und der Gesellschaft auszurotten. Aber wenigstens vor dem

Gesetz sollen die Menschen gleich sein. Sonst gibt es ja keine Gerechtigkeit auf der Welt. Und dass es die gibt, die Gleichheit vor dem Gesetz, dafür stehen wir, Herr Staatssekretär, wir, die öffentliche Verwaltung! Das fängt im Kleinen an. Man muss den Anfängen wehren, sonst ist das Recht rasch durchlöchert, als hätte man es mit Schrotkugeln beschossen. Nein, Herr Staatssekretär, der Bürklein muss warten wie die zwölf Polizeimeister vor ihm, weil es das Gesetz so befiehlt."

Hochkamm war wütend. Riesige Säle voller wahlberechtigter Bürger hatte er überzeugt, berauscht, in Begeisterung versetzt und dieser kleine, beschränkte Prädikatsjurist bleibt stocknüchtern und reitet Paragraphen! „Sie enttäuschen mich, Brockhaus", sagte er mit energischer Stimme, als wäre er eben von erfolgreichem Flug zurückgekehrt. „Ihnen fehlt Augenmaß und Flexibilität, Eigenschaften, die für höhere Führungsaufgaben unerlässlich sind. Heute ist Dienstag. Bis Donnerstag legen Sie mir die Beförderungsurkunde Bürklein zur Unterschrift vor. Ich vertrete den Minister, der für eine Woche auf Auslandsreise ist. Am Freitag werde ich die Urkunde Bürklein vor der Staffel aushändigen. Das ist eine dienstliche Weisung, Herr Brockhaus. Sie können jetzt gehen!"

Regierungsrat Lindenblatt kam in Verlegenheit, als ihn Hochkamm am Donnerstag nach der Beförderungsurkunde Bürklein fragte. „Brockhaus hat sie nicht vorgelegt", sagte er kleinlaut. „Seit heute ist er krank gemeldet. Und sein Vertreter, Oberregierungsrat Zagmann, weiß von nichts."

„Weiß von nichts!" höhnte Hochkamm zurück.

„Dann machen Sie ihn wissend! Panzerplatten mit

Hohlladungen durchbohren, das können Sie! Dann werden Sie doch auch das Brett vor dem Hirn dieses Zagmanns durchbringen, Herr Leutnant Lindenblatt!" Hochkamm hatte alle Liebenswürdigkeit verloren. „Ich hab' die Urkunde spätestens in zwei Stunden!" schrie er.

Lindenblatt eilte zu Zagmann. Aber der konnte die Personalakte des Polizeimeisters Bürklein nicht finden und ohne Personalakten ließ sich die Urkunde nicht fertigen. Der Registrator hatte die Akten vor fünf Tagen auf Brockhaus ausgetragen. Seitdem waren sie nicht zurückgekehrt.

Zagmann stürmte mit Lindenblatt in Brockhaus' Dienstzimmer. Es lagen viele Akten herum, aber nicht die des Polizeimeisters Bürklein. Brockhaus' Schreibkraft meinte, sie habe die Akten noch gestern auf seinem Schreibtisch liegen sehen. Aber jetzt seien sie verschwunden. Wahrscheinlich habe Brockhaus sie in seinem Schreibtisch eingeschlossen. Personalakten bedürften ja besonderer Diskretion. Schließlich sollte nicht die Putzfrau darin herumblättern. Brockhaus habe sich eigens für diese Fälle ein Sicherheitsschloss an seinem Schreibtisch anbringen lassen. Auf seine Kosten übrigens. Die Schlüssel trage er stets bei sich.

„Holen Sie den Hausmeister," befahl Lindenblatt der Schreibkraft. „Vielleicht hat er einen Zweitschlüssel oder er kann das Schloss auf andere Weise öffnen." Der Hausmeister kam in seinem blauen Arbeitsmantel und hatte einen blauen Handwerkskasten bei sich. Einen Zweitschlüssel besaß er nicht. „Das ist nicht unser Schloss," sagte er. „Das ist das Privatschloss von Brockhaus."

„Dann öffnen Sie das Schloss mit Gewalt," sagte Lindenblatt.

„Ich, das Privatschloss von einem hohen Polizeibeamten? Der zeigt mich an. Das machen's nur selbst!"

Der Hausmeister streckte Lindenblatt seinen blauen Handwerkskasten entgegen. Lindenblatt nahm ihn nicht. Er hatte das Gefühl, im Frontalangriff nicht weiter zu kommen.

„Wo wohnt der Brockhaus?" fragte er die Schreibkraft. Sie nannte ein Dorf, 45 km von der Hauptstadt entfernt. Da wollte Lindenblatt telefonisch verbunden werden. Aber ans Telefon kam nur Frau Brockhaus. Schwere Nierenkoliken habe ihr Mann. Der Arzt habe ihm eine Betäubungsspritze gegeben. Jetzt liege er in tiefem Schlaf, sei nicht ansprechbar. Von einem Schreibtischschlüssel wisse sie nichts, gar nichts.

Lindenblatt hegte den Verdacht, angelogen zu werden, denn die Stimme von Frau Brockhaus klang unsicher, sehr unsicher. Aber er hatte keine Beweise gegen sie.

Sein Angriffsschwung war erlahmt. Das Unternehmen Bürklein aufzugeben, erschien ihm plötzlich vernünftig. Er musste es nur Hochkamm beibringen, ohne in Ungnade zu fallen.

Hochkamm nannte ihn zunächst einen Versager, der im Ernstfall Panzer ebenso wenig knacken könne wie Schreibtische. Dann wurde er nachdenklich. Lindenblatt meinte, man liefere der Opposition gefährliche Munition. Beförderung gegen die Beförderungsrichtlinien, gegen den Protest des Personalreferenten, ermöglicht durch Einbruch in dessen Schreibtisch, und das Ganze um dienstwidrigen Flugunterricht für den Staatssekretär zu belohnen. So kann das im Landtag tönen, wenn der Brockhaus pfeift.

Hochkamm telefonierte mit seiner Mutter. Die schloss sich ganz entschieden der Meinung des Herrn Lindenblatt an. „Du rennst in dein Unglück, Bub, aus lauter Gutmütigkeit!"

Frau Quick musste eine gute Flasche Kognak besorgen als Geburtstagsgeschenk für Bürklein.

„Dem Brockhaus werden wir es bei anderer Gelegenheit heimzahlen, diesem Korinthen kackenden Prädikatsjuristen!" sagte Hochkamm zu Lindenblatt.

IX

Die Villa der Familie Degen lag auf einem Hügel oberhalb des Sees, den man von der Terrasse vor den Wohnräumen fast in seiner ganzen Länge überblicken konnte. Hochkamm war mit dem Hubschrauber der Firma hinter dem Haus gelandet.

Er fühlte sich heiter und gestärkt. Der Pilot hatte ihn ans Steuer gelassen und an seinem Flugstil wenig auszusetzen gehabt. Dass ihm Frau Degen allein entgegen kam, steigerte sein Wohlgefühl. Ihr Mann sei in der Firma aufgehalten worden, sagte sie. Sie müssten sich die Zeit vor dem Abendessen noch ein Weilchen allein vertreiben. Ihre Tochter komme erst nach dem Essen.

Hochkamm wollte nicht auf der Terrasse sitzen. Wenn sie durch den parkartigen Garten schlenderten, dachte er, wäre er Frau Degen näher. Vor einem großen, weiß blühenden Pfeifenstrauch blieb sie stehen. Der starke, süßliche Geruch versetzte ihn zurück in den Garten seines Elternhauses, der im Juni beherrscht war vom Parfum des „falschen Jasmins". Das Gefühl kindlicher Geborgenheit kehrte wieder und heftete sich an die mütterliche Begleiterin. Hochkamm tastete nach ihrer Hand, aber die entzog sich der Berührung. Nicht, dass Frau Degen unempfänglich gewesen wäre für den Gefühlsstrom ihres so viel jüngeren Begleiters. Er nährte ihre Eitelkeit und der Gedanke, sie könnte ihm nachgeben, erregte sie. Aber sie hatte gelernt, sich zu beherrschen und praktischen Erwägungen den Vorrang zu geben. Verwirrende Gefühle konnten hier nur hinderlich sein. So weckte sie

Hochkamm aus dem kindlichen Jasmintraum mit der nüchternen Frage, ob er denn schon an die Gründung einer Familie gedacht habe.

Hochkamm erschrak vor so viel Direktheit. Die Dame, erkannte er, hatte für frei vagabundierende Beziehungen nichts übrig. Auch wurde er sich jäh der Fragwürdigkeit seines Verhältnisses zum anderen Geschlecht bewusst, das sich nur im Nachflug vorübergehend belebte.

Nach einer längeren Verlegenheitspause bemerkte er schließlich, sein volles Engagement in der Politik habe ihm bisher keine Zeit gelassen, das Fundament für eine Familie zu legen. Hastig und nebenbei sei das ja wohl nicht zu schaffen.

Frau Degen ließ das Zeitargument nicht gelten. Ein Politiker dürfe die Ehe nicht als etwas rein Privates, von seiner Karriere Getrenntes betrachten. Dem Abgeordneten gehe es da wie früher dem Monarchen. Das Volk schenkt ihm die volle Sympathie nur, wenn er sich als Familienvater präsentiert.

„Völlig altmodische Vorstellung, werden Sie sagen, lieber Herr Hochkamm. Die Familie verliert an Bedeutung, löst sich auf, ist allenfalls noch vorübergehendes Zweckbündnis. Sie wird von neuen, variablen Gemeinschaften abgelöst. Glauben Sie all diesen Sprüchen nicht! Mehr als die Hälfte Ihrer Wähler ist weiblich. Und in jeder Frau, emanzipiert oder nicht, wohnt der Kinderwunsch. Irgendwann erwacht er und mit ihm das Bedürfnis ein Nest zu bauen.

Und das Nest, von dem auch die emanzipierte Frau träumt, ist nicht die Kommune, nicht der Kinderhort und nicht die Single-Wohnung – trotz gegenteiliger Bekenntnisse – nein, es ist und bleibt die altmodische

Familie samt einem treusorgenden Mann als Nestbeschützer. Wie soll ein Politiker Landesvater werden, wenn er sich nicht als väterlicher Nestbeschützer bewährt hat? Keine Turtelszenen in der „Bunten", nein, der Politiker in der heilen Familie, das wollen die Frauen im Wartezimmer erblättern. Die Ehefrau attraktiv, aber nicht zu sehr, nicht aufdringlich, nicht aus dem Showbusiness. Zwei Kinder, ordentlich, gepflegt, behütet. Das kann dann auch aufs Wahlplakat. Da sagen ein paar ,Wie spießig!' und rümpfen die Nase. Aber die Mehrheit, die Mehrheit findet's sympathisch."

Hochkamm hatte sich dieses Plädoyer, in dem sich Begeisterung mit ein wenig Ironie mischte, fast schweigend angehört. Nur hin und wieder hatte er ein „Gewiss, Frau Degen", oder „Da mögen Sie recht haben" oder auch nur einen kurzen Lacher eingestreut um zu dokumentieren, dass er aufmerksam zuhörte. Jetzt aber sah ihn Frau Degen fragend an und schwieg dazu, als hätte sie das Ihre gesagt. Plötzlich empfand er den penetranten Geruch des Pfeifenstrauchs als unangenehm. Er wollte weg aus diesem Garten, zurück ins Haus, zwischen Mauern.

„Nun ja," sagte er. „Das ist ein weites Feld und landesväterliche Ambitionen kommen mir gewiss noch nicht zu. Ihnen ist es ja wohl geglückt, eine ideale Familie zu gründen, gnädige Frau. Wenn Sie mich ein wenig in ihre Schule nehmen, werde ich's mit den Jahren schon auch noch schaffen".

Damit bot er ihr den Arm und steuerte entschieden der Terrasse zu, wo eben Herr Degen aufgetaucht war und nach ihnen Ausschau hielt.

Der runde Tisch, an dem sie in dem hohen, kühlen Esszimmer Platz nahmen, war fast ein wenig zu groß und feierlich gedeckt für die kleine Gesellschaft, die nur aus dem Ehepaar Degen und ihrem Gast bestand. Jeder konnte die Arme ausstrecken, ohne den anderen zu berühren. Dazu die Kälte des Silbers auf weißem Tischtuch, große silberne Leuchter, Platzteller aus Silber, umrahmt von Silberbesteck. Hochkamm fröstelte. Er hatte Mühe mehr als Höflichkeitsfloskeln gegen die Kühle zu setzen. Aber Herr Degen überbrückte die Distanz rasch mit geschmeidigem Wohllaut.

Bewundernswert, dachte Hochkamm, wie dieser Mann seine Stimme der Situation anpasst. Jetzt gab sie die Wärme, nach der alle sich sehnten.

Erst sagte Degen Freundliches über Hochkamms Flugkünste. Der Firmenpilot habe sie gerühmt und das wolle viel heißen, denn der Mann sei überaus kritisch. Dann kam er rasch zu seiner Firma und zum Waffengeschäft im Allgemeinen. Schizophren nannte er die Haltung der deutschen Politiker auf diesem Gebiet.

„Man braucht Soldaten und ist froh in der Obhut der Nato zu sein. Aber man achtet sie wenig, noch weniger als Beamte und wäre froh es ginge ohne sie. Man weiß auch, dass Soldaten Waffen benötigen, denn ohne Waffen wären sie zu nichts zu gebrauchen. Aber wer Waffen herstellt oder mit Waffen handelt, betreibt ein zweifelhaftes Gewerbe. Ihm hängt ein Rüchlein an, das Rüchlein des Kriegsgewinnlers, der seine Geschäfte mit dem Tod macht. Auch soll er möglichst nur den eigenen Bedarf decken und nicht andere Staaten beliefern, wie es seine Konkurrenten überall in der Welt tun. Das andere Land könnte ja mit deutschen

Waffen auf irgendjemand schießen. Aber ich frage Sie, zu was sonst werden Waffen hergestellt?"

Die Frage blieb unbeantwortet, denn eben brachten die beiden Serviererinnen den Hauptgang, dem Auge wohlgefällig auf den Tellern geordnet: Fasanenbrüstchen mit glasierten Maronen, dazu Champagnerkraut und Sahnepüree. Die dienstbaren Frauen sahen aus, als hätten sie sich für ein Theaterstück aus großbürgerlichen Zeiten kostümiert. Auf schwarzem Kleid trugen sie spitzenbesetzte weiße Halbschürzen. Gestärkte weiße Spitzen steckten auch vorne im Haar, während die Hochfrisur am Hinterkopf durch eine Nadel zusammengehalten und gekrönt wurde, deren Kopf in zierlichem Silber dem Rotor eines Hubschraubers nachgebildet war.

Herr Degen schnitt sich ein Stück vom Fasanenbrüstchen ab, kaute es gemächlich und mit Behagen, schwenkte mit einem Schluck Château Lafitte, Premieres Côtes de Bordeaux, nach und fühlte sich dann bereits genügend gestärkt seine grundsätzlichen Ausführungen fortzusetzen.

„Wissen Sie, Herr Hochkamm", sagte er, „den älteren deutschen Politikern steckt noch immer der Zweite Weltkrieg in den Knochen. Das ist ja auch verständlich. 62 Millionen Tote in der Welt und die Deutschen haben das alles ausgelöst. Übrigens 27 Millionen allein in der früheren Sowjetunion im Verhältnis zu rund 5 Millionen toten Deutschen. Ich finde es da erstaunlich, ganz erstaunlich, dass die Russen schon wieder so deutschfreundlich sind.

Nun ja, was hilft's, man darf Politik nicht mit dem Gefühl machen. Pazifismus geht nicht. Da spielen die andern Katz und Maus mit uns. Also mitmarschieren im Verteidigungsbündnis ohne Wenn und Aber und ohne schlechtes Gewissen. Der Soldat ist ein nützliches Glied in der Gesellschaft, mindestens so nützlich wie der Kaufmann, und wer gute neue Waffen entwickelt, der ist aller Ehren und Orden wert. Das sag ich ohne jede falsche Bescheidenheit.

Dass diese Sicht der Dinge sich in den Parteien Bahn bricht, da setze ich auf Ihre Generation, Herr Hochkamm. Sie sind nach dem Krieg auf die Welt gekommen. Sie haben das große Gemetzel nicht miterlebt. Ihnen ist der Schock nicht in den Gliedern und trübt Ihnen nicht den Verstand. Sie müssen ein Bündnis der Spätgeborenen schließen und mit ihnen eine vorurteilsfreie Wehrpolitik durchsetzen, ohne Schuldkomplexe, ohne Schizophrenie und ohne die lächerliche Forderung an Bundeswehr und Waffenindustrie: „Wascht mir den Pelz und macht mich nicht nass!"

Hochkamm hörte sich das alles an, aß mit Ruhe sein Fasanenbrüstchen auf, während Degen noch immer nicht über den ersten Bissen hinausgelangt war, dachte aber mit einem gewissen Unbehagen daran, dass er zu wehrpolitischen Grundsätzen keine Meinung gespeichert hatte. Es gab Dutzende von Themen, die er parat hatte, Innere Sicherheit, Einwanderung, Asyl, Staatsbürgerschaft, Gemeindefinanzen, um nur einige Themen zu nennen. Alle Argumente und Gegenargumente waren da in seinem Computer, ja sogar ausformulierte Redeabschnitte, die jederzeit als Bausteine für eine neue Rede zu verwenden waren. Aber Wehrpolitik, Rüstungsexport, dergleichen hatte nie zu seinen Zuständigkeiten gehört, nicht als Abgeordneter und nicht als Staatssekretär. Er kannte da nicht einmal die vorherrschende Sprachregelung seiner Partei. Persönliche Bekenntnisse abzulegen, erschien ihm daher gefährlich, sehr gefährlich! Taktieren bei grundsätzlicher Wehrfreundlichkeit war wohl das Richtige.

So erklärte er Degen mit ausholender Handbewegung, die er gerne gebrauchte, wenn er unsicher war, dass die Nachkriegsepoche in der Politik zu Ende sei. Das erfordere auf vielen Gebieten eine grundlegende Neuorientierung. Sicher gelte das auch für die Wehr- und Rüstungspolitik. Hier sei der Meinungsbildungsprozess noch nicht abgeschlossen. Er werde in nächster Zeit in einen intensiven Dialog mit seinen jungen Kollegen in der Fraktion eintreten, bei denen es keine Tabus mehr geben werde, wie sie sich in der Nachkriegszeit gebildet hätten. Die Zeit der politischen Tabus sei vorbei. Mehr wolle er im Augenblick nicht dazu sagen.

Das Wenige hatte Herrn Degen genügend Zeit verschafft, um seinen Teller zur Hälfte abzuessen und einer der Weißbeschürzten zu bedeuten sie könne ihn abtragen.

Während sich die kleine Gesellschaft dem Nachtisch, einer Creme Caramel zuwandte, setzte er noch einmal an um Hochkamms Gedanken ins Konkretere zu lenken. „Ich will Ihnen nur noch ein kleines Beispiel mit auf den Weg geben", sagte er, „denn Beispiele machen die Probleme anschaulich. Die türkische Regierung möchte von uns Hubschrauber kaufen, 12 Stück, vom neuesten Typ, den Sie heute geflogen haben, ein stattlicher Auftrag. Ich brauche dazu die Ausfuhrgenehmigung der Bundesregierung. Sie meint, die Hubschrauber könnten zur Bekämpfung der Kurden eingesetzt werden und hat Bedenken gegen die Ausfuhr. Keine Lieferung in Krisen- oder gar Kampfgebiete, Sie kennen ja diese Devise! Wo denn sonst werden Waffen benötigt, ist man versucht zu sagen! Aber lassen Sie mich ruhig und sachlich argumentieren. Den Nachteil einer solchen Beschränkung trägt nicht nur die Firma, nein, ihn trägt vor allem der deutsche Steuerzahler. Denn, je höher die Stückzahl, die wir herstellen und verkaufen können, umso geringer die Herstellungskosten und damit der Verkaufspreis, den die Bundesregierung für die Ausrüstung der Bundeswehr bezahlen muss oder auch Ihre Landesregierung, wenn Sie Ihre alten Maschinen der Polizeistaffel gegen unsere wesentlich besseren, neuen austauschen wollen. Und wo bleibt die Moral? werden Sie vielleicht fragen.

Es wimmelt ja bei uns von Moralaposteln, jedenfalls wenn es nicht um den eigenen, sondern um den Geldbeutel anderer geht. Ich sage Ihnen, die Moral ist in der Außen- einschließlich der Außenhandelspolitik immer von Übel und führt nur in die Irre. Wir sollten uns nicht den Kopf der Türken zerbrechen. Wie und wo sie ihre Waffen einsetzen, ist ihre Sache, solange sie damit nicht auf uns schießen. Wenn wir ihnen die Waffen nicht liefern, liefern sie die Engländer, Franzosen oder Amerikaner und die haben allesamt keine Skrupel, wenn's ums Geschäft geht. Nur uns, wie gesagt, uns steckt noch immer der Zweite Weltkrieg in den Knochen und da muss er 'raus, Herr Hochkamm, 'raus mit Hilfe der Spätgeborenen".

Hochkamm war sehr erleichtert, als in diesem Moment die Tür aufging, und die Tochter der Eheleute Degen eintrat. Es war ein Gebot der Höflichkeit, das Gespräch abzubrechen und sich der neu Angekommenen zuzuwenden. Hochkamm stand auf, nahm die

74

ihm entgegengestreckte Hand der jungen Frau und beugte sich darüber, um einen Handkuss anzudeuten, eine Geste, die ihm albern vorkam, als er sie ausgeführt hatte. Er richtete sich auf und blickte auf einen spöttisch verzogenen Mund, während die Augen der jungen Frau ihn ernst und prüfend ansahen. Es waren die Augen ihrer Mutter, stellte Hochkamm fest, dunkel, aber nicht verschlossen, sondern voller Interesse für den anderen. Bei der ersten Begegnung, dachte Hochkamm, haben mich die hellblonden Haare von diesen Augen abgelenkt.

Es war die junge Frau Degen, die jetzt darauf drängte, sich hinaus auf die Terrasse zu setzen um noch etwas von der lauen Sommernacht in die Nase zu kriegen, wie sie sich ausdrückte. Sie zögerte auch nicht, Hochkamm neben sich zu bitten und ihn mit der Frage zu bedrängen, wie man denn Politiker und dann gar Staatssekretär werde. Sie habe sich mit diesem Metier bisher recht wenig befasst, denn als angehende Innenarchitektin widme sie sich mehr dem Ästhetischen als dem Politischen. Hochkamm rettete sich ins Formale, erzählte vom Erwerb der Parteimitgliedschaft, von Orts- und Kreisverbänden und deren Vorsitzenden, von Stadtrats-, Kreistags- und Landtagswahlen und der Kandidatenaufstellung.

Aber die junge Frau, von der Hochkamm durch den Zuruf der Eltern inzwischen erfahren hatte, dass sie Karin hieß, Karin Degen also, unterbrach ihn bald, weil sie Verfahren nicht interessierten, sondern immer nur Personen, ihre Gedanken und Gefühle, wie sie sagte. Was ihn dazu gedrängt habe, seinen Beruf in der Politik zu suchen, das wollte sie wissen.

Mein Rededrang, meine Redelust, wird sie wohl nicht beeindrucken, dachte Hochkamm. Ich muss da mehr im Allgemeinen, im Idealen bleiben.

„Sehen Sie, Frau Degen," sagte er, „ich war Rechtsanwalt. Da vertritt man die Interessen Einzelner. Um was da gestritten wird, ist oft recht kleinliches Gezänk. In der Politik geht es um Größeres, geht es um das Wohl der Allgemeinheit. Da sind die Interessen, ja das Schicksal eines ganzen Volkes im Spiel. Anwalt des Allgemeinwohls zu sein, ist das nicht eine schöne Aufgabe? Man muss die Talente einsetzen, die man hat. Mir ist es gegeben vor vielen Menschen zu sprechen, ihnen meine Überzeugungen, die Überzeugungen meiner Partei zu vermitteln, ja sie dafür zu begeistern und ich habe Freude an dieser Aufgabe."

Karin Degen zeigte wieder den spöttischen Zug um den Mund. „Ich", sagte sie, „ich kann mich nur mit einzelnen Menschen austauschen, nie aber mit der Menschenmenge. Wenn es vom Politiker heißt, er nehme ein Bad in der Menge oder er könne Menschenmassen zu Begeisterungsstürmen hinreißen, so ist mir das unverständlich, ja unheimlich. Ich meide Menschenmengen, wann immer ich kann."

„Dann bin ich Ihr genaues Gegenteil", sagte Hochkamm belustigt und wunderte sich später über so viel Offenheit gegenüber einer Unbekannten.

„Ich habe keine Schwierigkeiten mit der Menge. Aber so von Mann zu Mann oder gar von Mann zu Frau, dem geh' ich eher aus dem Weg. Da sind Schranken, die ich nicht so leicht öffnen kann."

Das spöttische Lächeln verschwand aus dem Gesicht der Karin Degen. Stattdessen zeigten ihre dunklen Augen Anteil nehmendes Interesse.

„Sie haben Hemmungen, Herr Hochkamm?" sagte sie mit froher Stimme, als hätte sie etwas besonders Erfreuliches entdeckt. „Ich finde das sympathisch, außerordentlich sympathisch. Es gibt so viele hemmungslose Politiker in der Welt, denke ich. Da sollte man die Gehemmten unterstützen." Hochkamm wusste nicht, wie er diese zweifelhafte Anerkennung aufnehmen sollte. Er forschte in dem freundlichen Gesicht, konnte aber keinen Anflug von Spott entdecken.

„Ihr Vater", sagte er, „fordert mich auf, den Verein der Spätgeborenen zu gründen. Sie ordnen mich dem Club der gehemmten Politiker zu. Was ich aus diesen Avancen mache, darüber muss ich erst nachdenken."

Herr Degen kam da zur rechten Zeit, um zu verkünden, dass der Hubschrauber zum Rückflug bereitstehe. Hochkamm ging zum Landeplatz hinter dem Haus, eingerahmt von Herrn Degen und seiner Tochter, während sich Mutter Degen schon auf der Terrasse von ihm verabschiedet hatte. Der Weg war schwach beleuchtet und Hochkamm meinte, er müsse mit hoch erhobenem Haupt seine Gastgeber verlassen. So stolperte er über einen Steinbrocken, der sich auf den sonst wohl gepflegten Kies verirrt hatte. Er fiel auf beide Knie, während er den Oberkörper noch mit den Armen abstützen konnte. Karin Degen griff ihm rascher unter den Arm, um ihm aufzuhelfen, als ihr Vater.

„Ich bin über die Hemmschwelle gestolpert!" sagte Hochkamm und lachte. Karin Degen lachte mit ihm und hielt seine Hand länger, als es zur Hilfeleistung nötig war.

X

Regierungsrat Lindenblatt führte eine flotte Feder, wie Staatssekretär Hochkamm anerkennend zu sagen pflegte. Redeentwürfe aus den Fachreferaten gab Hochkamm Lindenblatt zur Überarbeitung, damit er stilistischen Pfiff hineinbrächte. Der bemühte sich redlich, Hochkamms fliegerische Aufschwünge nachzuempfinden. Aber Hochkamm wollte immer höher hinaus. Wenn er sich genügend warmgeredet hatte, verließ er Lindenblatts Manuskript, erhob sich in die Lüfte, drehte Loopings oder brauste im Tiefflug über die Köpfe seiner Zuhörer. Es stellte sich dann das Problem, ob und wo er in Lindenblatts Manuskript wieder landen konnte. Hochkamm war da nicht wählerisch. Wenn er meinte, das Flugbenzin gehe ihm aus, er habe also keinen Stoff mehr für eigene Kapriolen, senkte er seinen Blick wie eine Stecknadel mitten in eine Manuskriptseite, und wo er einstach, da fuhr er fort zu lesen, und wenn es mitten im Satz war. So entstanden merkwürdige Übergänge, die Kopfschütteln oder Heiterkeit bei den Zuhörern hervorriefen. Eingeweihte schauten erstaunt auf Lindenblatt. Der saß in der zweiten Reihe, blätterte nervös in seinem Manuskript und versuchte durch Kopfschütteln kund zu tun, dass er diese Bauchlandungen keineswegs aufgeschrieben hatte.

Durch Erfahrung klüger geworden, beschloss Lindenblatt in seine Manuskripte Landeplätze einzubauen, die er durch dicke grüne Pfeile als solche kennzeichnete. Er brachte sie vor Absätzen an, mit denen ein völlig neues Thema angestimmt wurde. Hochkamm mochte vorher durch alle Himmel gestürmt sein, ein völlig neues Thema passte immer.

Es war nicht leicht, Hochkamm an die grünen Landeplätze zu gewöhnen. Aber nach einer ausgesprochenen Bruchlandung vor einflussreichen Mitgliedern der Industrie- und Handelskammer, die danach hinter vorgehaltener Hand von bedenklichen Absencen des Staatssekretärs sprachen, gab er Lindenblatts sanften Mahnungen nach und versprach künftig fliegerische Disziplin zu üben.

Als Problem blieben die zweisprachigen Veranstaltungen, bei denen Hochkamms Rede übersetzt werden musste. Die Dolmetscher oder Dolmetscherinnen erhielten Lindenblatts Manuskript schon einige Stunden vorher und stiegen so wohlpräpariert mit Hochkamm auf das Podium, um ihm Absatz für Absatz in der fremden Sprache zu folgen. Immer wieder aber gerieten sie in Nöte, wenn sich Hochkamm aus dem Manuskript in die Luft erhob und seine Loopings drehte, auf die sie nicht vorbereitet waren.

Ihren Höhepunkt erreichten diese Verständigungsschwierigkeiten bei einer deutsch-französischen Polizeitagung, die sich mit der Bekämpfung des Drogenhandels befasste. Die Staatsregierung gab zum Abschluss einen Empfang, auf dem Hochkamm als Gastgeber auftrat. Eine junge Französin übersetzte die Reden. Lindenblatt hatte ihr seinen Redeentwurf gegeben und sie eindringlich auf die Gefahr hingewiesen, dass Hochkamm vom Manuskript abweichen könnte. Was Lindenblatt beunruhigte, war der spöttische Blick und die lakonische Bemerkung „Man wird sehen", mit der die Dolmetscherin auf die Warnung reagierte.

Hochkamms Stimme lahmte, als er begann die Begrüßungsrede vorzulesen. Der Drogenhandel brachte ihn nicht in Stimmung. So wechselte er das Thema spontan und erzählte von der Arbeit der Hubschrauberstaffel. Einmal in der Luft, erreichte er mühelos die emotional vibrierende Tonlage, mit der er empfängliche Zuhörerinnen und Zuhörer in Schwingungen versetzen konnte. Im Manuskript stand nichts von Hubschraubern. Die Französin zögerte einen Moment, als die erste Flugschleife zur Übersetzung anstand; dann beschloss sie den Themenwechsel zu ignorieren und fuhr fort, aus Lindenblatts Ausführungen über Drogenhandel zu übersetzen. So liefen eine deutsche und eine französische Rede nebeneinander her, ohne voneinander Kenntnis zu nehmen. Lindenblatt, der in der zweiten Reihe stand, brach der Schweiß aus. Er versuchte, der Französin Zeichen zu geben. Mit beiden Armen ruderte er nach oben, was die Aufforderung darstellen sollte, sie möge sich doch endlich mit dem Staatssekretär in die Luft erheben. Aber die junge Dame würdigte ihn keines Blickes, sah vielmehr unbeirrt auf Lindenblatts Manuskript und las daraus vor, als handle es sich um die Offenbarung.

Unglücklicherweise war die Zahl derer im Raum, die sowohl das Deutsche als das Französische beherrschten, beträchtlich. Unter diesen Sprachkundigen entstand Unruhe. Im allgemeinen sind Polizeibeamte obrigkeitshörig und neigen nicht zu Respektlosigkeiten gegenüber Regierungsmitgliedern. Dennoch ging die Unruhe zunehmend in Gelächter über, was wohl auf die geringeren Hemmungen der französischen Beamten zurückzuführen war, die von einem deut-

schen Regierungsmitglied keine Disziplinierung be-
fürchteten.

Lindenblatt überkam der Mut der Verzweiflung. Er
schrieb auf ein Blatt Papier „Sofort auf Seite 6
1. Absatz (grüner Pfeil) fortfahren!" und ging damit
aus der Deckung. Durch das höhnische Grinsen der
Polizeibeamten schritt er zum Rednerpult, legte sein
Papier vor Hochkamms wütend-erstaunten Blick und
zischte den Landeplatz auf Seite 6 auch der Dolmetscherin zu.

Dann ging er aufrecht und ruhig in die zweite Reihe
zurück und hörte mit tiefer Befriedigung wie Hochkamm auf Seite 6 landete und dort auch von der Dolmetscherin abgeholt wurde.

Lindenblatts mutiger Einsatz fand keinen Lohn. Im
Gegenteil, er fiel in Ungnade. Hochkamm wollte ihn
nicht mehr sehen. Schon den vierten Tag rief er nicht
mehr nach ihm. Frau Quick durfte Lindenblatt auch
nicht vorlassen, wenn er zum Aktenvortrag kommen
oder über wichtige Vorkommen berichten wollte. Er
musste alles Frau Quick sagen und die wiederum unterrichtete Hochkamm.

Lindenblatt hatte damit gerechnet, Frau Quick würde diesen Triumph über ihn genießen und ihn, wie ihr
Herr, mit Verachtung strafen. Aber Stefanie Quick
blieb merkwürdig gedämpft, ja es schien, als nehme
sie Anteil an seinem Unglück. Es seien wohl zwei
Dinge, erklärte sie Lindenblatt, die ihren Chef geär-
gert hätten. Einmal die geringe Sorgfalt bei der Aus-
wahl der französischen Dolmetscherin, die sich als
stur und impertinent erwiesen habe; vor allem aber die
öffentliche Abmahnung durch Lindenblatts Papier.

Ein fantasievoller persönlicher Referent hätte da einen diskreteren Weg finden müssen.

Er würde sich ja gerne bei seinem Chef entschuldigen, sagte Lindenblatt, wenn er nur, wenigstens zu diesem Zweck, einen Termin bei ihm bekäme. Sie bäte er ganz, ganz herzlich ihm doch den Weg für einen solchen Bittgang zu öffnen. Dabei schaute er Stefanie Quick tief und flehentlich in die Augen. Vielleicht verstärkte sich ihr Mitleid aus diesem Grund. Jedenfalls bot sie ihm einen Stuhl und eine Tasse Kaffee an. Ihren Chef wusste sie weit weg auf dem Flugplatz der Firma Degen und Frau Stricker hatte sich krank gemeldet.

Lange hielt sich Frau Quick nicht damit auf, Lindenblatt in seinem Kummer zu trösten. Recht unvermittelt stellte sie ihm die Frage, welchen Eindruck er denn seinerzeit, als er die Familie Degen besuchte, von Karin Degen, der Tochter des Herrn Degen gehabt hätte. Lindenblatt erinnerte sich lebhaft an den Schuss mit der Panzerfaust und wie es ihm gelungen war die dicke Stahlplatte genau in der Mitte mit der Hohlladung zu durchbohren. Das Bild der Karin Degen verblasste daneben in seinem Gedächtnis.

„Sie hat mich nicht sonderlich beeindruckt", sagte er. „Vielleicht ist sie einfach nicht mein Typ. Es war auch schwierig ein Gesprächsthema zu finden, auf das sie ansprach. Die Waffentechnik interessierte sie nicht. Sie hat mehr künstlerische Interessen, studiert Innenarchitektur, besucht Kunstausstellungen und so. Ich konnte da nicht mitreden. Hochkamm hat sie übrigens kaum beachtet, während er von ihrer Mutter offensichtlich beeindruckt war, einer starken, einer sehr starken Persönlichkeit."

„Mütter sind immer stärker als ihre Töchter", sagte Frau Quick. „Bis die dann selber Mutter werden. Das gibt ihnen offenbar einen Persönlichkeitsschub. Da wächst das Selbstbewusstsein und erwacht der Machttrieb. Soweit ich das von der Ferne beobachten kann", fügte sie nach einer Verlegenheitspause hinzu. „Aber die starken Mütter in Ehren, Herr Lindenblatt. Wie erklären Sie sich dann, dass die Tochter hier neuerdings fast jeden Tag anruft oder Hochkamm sich mit ihr verbinden lässt? Was will die Dame, die sich nicht für Waffentechnik und nicht für Politik interessiert, von ihm?" Lindenblatt sah Frau Quick in ungewohnter Erregung. Als sie versuchte, die Kaffeetasse zum Mund zu führen, zitterte ihre Hand so stark, dass sie den Versuch abbrach und die Tasse wieder auf den Unterteller zurücksetzte.

„Ich weiß es nicht", beeilte sich Lindenblatt zu antworten, „ich bin völlig überrascht von dieser Mitteilung."

„Übrigens fliegt Hochkamm in letzter Zeit nicht mehr in seinem Fliegerclub". Frau Quick sagte das mit brüchiger Stimme, die sie nur mühsam beherrschte. Lindenblatt konnte sich die starke emotionale Bedeutung dieser schlichten Nachricht für Frau Quick nicht erklären. Er kannte zwar viele Gerüchte, die über die Beziehungen seines Chefs zu Frau Quick verbreitet wurden, keinesfalls aber die Nachflugabhängigkeit solcher Beziehungen.

„Er fliegt auch nicht mehr mit der Hubschrauberstaffel der Polizei", fuhr Frau Quick fort. Mindestens einmal in der Woche fährt er zum Flugplatz der Firma Degen und benutzt einen Hubschrauber oder eine

Sportmaschine dieser Firma. Ist das nicht in höchstem Maße bedenklich, Herr Lindenblatt?"

„Das ist nicht gut, Frau Quick, ganz und gar nicht gut", bestätigte Herr Lindenblatt.

„Und die letzten beiden Male, denken sie nur," stieß Frau Quick in höchster Erregung hervor, „die letzten beiden Male hat er auf diesen Flügen Karin Degen mitgenommen. Ich weiß es sicher, ich habe es selbst gehört, wie er das am Telefon mit ihr vereinbarte."

Lindenblatt war wiederum nicht klar, welche Abgründe sich in Frau Quicks Fantasie im Zusammenhang mit diesen Gemeinschaftsflügen auftaten. So entschloss er sich zunächst zu mildem Tadel.

„Aber Frau Quick", sagte er, „Sie werden doch nicht Telefongespräche Ihres Chefs mithören?"

„Grundsätzlich nicht, Herr Lindenblatt, gewiss nicht. Aber hier fühle ich mich in der Verantwortung. Diese enge Verbindung zur Familie Degen, die bedenkenlose Annahme von Vorteilen, die diese Familie unserem Chef ständig anbietet, das kann doch politische Folgen haben, Herr Lindenblatt, schlimmste Folgen. Davor müssen wir unseren Chef bewahren. Das liegt in unserer Verantwortung, Herr Lindenblatt! Da dürfen wir auch vor kleinen Unkorrektheiten nicht zurückschrecken! Wir handeln doch in seinem Interesse!"

Lindenblatt erschrak vor der Kühnheit dieser Frau. Aber er dachte, im Augenblick muss ich sie als Verbündete haben. Wer sonst sollte mir den Zugang zu Hochkamm wieder öffnen?

„Sie haben recht, Frau Quick," sagte er. „Wenn wir unserem Chef loyal dienen wollen, müssen wir ihn daran hindern, in sein eigenes Unglück zu fliegen. Ich bin da an Ihrer Seite. Zunächst allerdings müssen Sie mir helfen wieder Hochkamms Vertrauen zurückzugewinnen. Denn ohne dieses Vertrauen kann ich bei ihm nichts ausrichten."

„Ich tue mein Bestes", sagte Frau Quick feierlich. Dann stand sie auf, nahm Lindenblatts rechte Hand in ihre beiden Hände und drückte sie so nachhaltig, dass der junge Beamte dachte, in den Ringkampf wollte er mit dieser Frau gewiss nicht gehen.

„Auf unseren gemeinsamen Kampf für Hochkamm!" sagte Frau Quick und Lindenblatt sah, dass sie feuchte Augen hatte.

XI

Karin Degen hatte eine Schwäche für Hochkamms Schwächen. Keineswegs war sie darauf aus, seine Nachflugstärke zu nützen. Im Gegenteil, wann immer Hochkamm, fliegerisch aufgerüstet, auftrumpfte, bedeutete ihm Karin Degen, er müsse sich in Geduld üben. Erst wenn man das Wesen des Anderen erkannt habe, könne man auch dessen Körper erkennen, dies sei ihre Meinung und an Hochkamms Wesen sei ihr noch viel rätselhaft. So fragte sie ihn viel. Ob er Bücher lese, zum Beispiel, und wer sein Lieblingsschriftsteller sei. Wann er zum letzten Mal ein Konzert oder ein Theater besucht habe. Ob er manchmal allein spazieren gehe. Ob er dann stehen bleibe, um eine Blume am Wegrand anzuschauen oder einen Käfer, der über den Weg krabbelt. Ob er sich hin und wieder auch vor einen leeren Schreibtisch setze, nur ein Blatt Papier und einen Bleistift vor sich, um darüber nachzudenken, was in seinem Ressort schlecht laufe, was man verbessern oder neu entwickeln könne.

Ihn machten diese Fragen nervös. Er beantwortete sie nicht ernsthaft, sondern zog sie ins Lächerliche, sagte etwa, er arbeite nicht mehr mit Papier und Bleistift, sondern mit dem PC oder, am liebsten lese er immer noch Max und Moritz von Wilhelm Busch, weil er solche Streiche auch gern gemacht, sie sich aber nicht getraut hätte.

Als die Fragerei nicht aufhörte, meinte er, sie sei doch noch recht jung und in romantischen Mädchenträumen festgehalten. Offenbar wünsche sie sich Hamlet als Politiker.

Sie aber bemerkte trocken, er lasse sich in seinen Terminkalender fallen wie in einen Polstersessel. Unverplant wolle sie ihn einmal kennenlernen. Sie sollten eine Woche gemeinsam Urlaub machen, ohne jeden Termin. Hochkamm willigte ein, wenn sie das alles organisiere einschließlich der Terminabstimmung mit Quick und Lindenblatt.

Karin Degen bestimmte, dass es ein Skiurlaub sein sollte im Engadin, eine Woche im Januar. Frau Quick war nicht gerade freundlich zu ihr, als sie darum bat, eine Woche terminfrei zu schaufeln, auch Lindenblatt nicht. Um Zeit zu sparen, sollte Degens Firmenjet sie nach Samedan fliegen und dort wieder abholen! In einem Hotel in Pontresina hatte Karin zwei Zimmer gebucht, die nicht nebeneinander lagen. Frau Quick hörte das mit einer gewissen Erleichterung. Aber die Sache mit dem Firmenjet beunruhigte sie und sie stiftete Lindenblatt, den Hochkamm inzwischen begnadigt hatte, an deswegen bei seinem Chef vorstellig zu werden, denn die Medien stocherten mit Vergnügen in solchen Petitessen.

Hochkamm fand die Bedenken lächerlich. „I c h nehme doch nicht den Firmenjet samt Firmenpilot, sondern Karin Degen. Ob das korrekt ist, muss ihr Vater mit seiner Firma ausmachen. Karin nimmt einen Freund mit. Das kann ihr doch niemand verwehren. Oder darf man sich nicht mehr mit einem Politiker anfreunden. Ist der aussätzig? Seien Sie nicht so pedantisch und hasenfüßig, Lindenblatt, und kümmern Sie sich um wesentlichere Dinge!"

Damit stand Lindenblatt wieder im Vorzimmer bei Frau Quick und die belehrte ihn über den rechten Umgang mit dem Chef. Nie dürfe man einem Vorgesetzten das Gefühl geben, er solle den Willen des Untergebenen ausführen. Man müsse ihn davon überzeugen, dass er selbst das will, was der Untergebene ihm ansinnt zu wollen. „Wer das nicht beherrscht, taugt nicht zum Adjutanten!"

Darauf verließ Lindenblatt auch das Vorzimmer mit hängendem Kopf.

Obgleich Karin Degen gerne alpin gefahren wäre, überredete sie Hochkamm zum Langlauf. Ohne Flugmotor wollte er nicht hoch hinauf. Auf schmalen Brettern bewegte er sich lieber in den Tälern und sah bewundernd auf zu den glitzernden Riesen, die in Schnee und Eis erstarrten, sobald sie die Sonne nicht mehr spiegeln durften.

Das Roseggtal rutschten sie hinauf und hinunter, aber am liebsten starteten sie von Sils aus ins Fextal. Sonne und Schnee überfluteten sie mit Licht und die Luft war so leicht, dass sie die Schwere des verschneiten Bodens unter sich nicht mehr spürten. Vor dem Hotel Fex ruhten sie aus und schauten hinauf zum Gletscher.

Hochkamm fiel das Reden hier in 2000 m Höhe noch leichter als sonst. Er plauderte in einem fort aus seiner Vergangenheit, erzählte vom Begräbnis des Abgeordneten Biersack und dem schlechten Gewissen, das ihn damals beschlich, weil er doch Freude darüber empfunden hatte, den Käseschachtelfabrikanten politisch beerben zu dürfen. Aber aus ihm sei kein Hinterbänkler geworden, nein, er habe sein Ziel, das sei die Spitze eines klassischen Ressorts, am liebsten das Finanzministerium, denn wer das Geld verteile, der habe auch die Macht.

„Warum sich dann mit einem Landesministerium begnügen?" wandte Karin Degen ein und sie bemühte sich das Quäntchen Ironie, das sie dabei empfand, nicht in die Stimme zu lassen. Ein Mann wie er müsse in die Bundesregierung. Das Bundesverteidigungsministerium zum Beispiel sei für ihn als Flieger wie geschaffen. Aber auch Bundesfinanzminister wäre nicht von der Hand zu weisen.

Hochkamm bekam einen träumerischen Gesichtsausdruck. Seine Gedanken schwangen sich an den glitzernden Riesen hinauf in schwindelnde Höhen. Karin Degen nützte die Träume Hochkamms um rasch von sich und ihren eigenen beruflichen Plänen zu reden. Was sie am liebsten machen würde, sagte sie, wäre Ausstellungsarchitektur, große Kunstausstellungen vor allem. Wie man ein Bild an die Wand hänge, in welcher Höhe, in welchem Abstand zum nächsten, in welcher Farbe die Wand gestrichen oder bespannt sei, wie die Vitrinen beschaffen sein müssten, um das Kunsthandwerk in Gold und Silber zu seiner vollen Wirkung zu bringen. Das alles erfordere ästhetisches Fingerspitzengefühl und das habe sie in allen ihren zehn Fingern, dessen sei sie sich ganz sicher. Ob er vor einigen Jahren die große Ausstellung über Augsburger Gold und Silber in München gesehen habe, wollte sie von Hochkamm wissen.

Der hatte nicht auf ihre Frage geachtet, auch nicht auf das ästhetische Gefühl in ihren Fingern, er hatte vielmehr mit offenen Augen an seinem Traum vom Bundesminister weitergesponnen und war eben dabei zu einer Antrittsrede vor den Beamten und Offizieren des Bundesverteidigungsministeriums anzusetzen. So musste Karin Degen ihre Frage wiederholen, ehe er sie entschieden verneinte. Er hatte schon seit seiner Studentenzeit keine Kunstausstellung mehr besucht. Wenn er sich an die Menschen erinnerte, die sich dort bewegten, so hatte er den Eindruck, dass sie nicht offen waren für das, was von ihm ausging. Die meisten hörten sich selbst gern reden. Das war aber nicht das, was er brauchte. In den Wahl- oder Parteiversammlungen, in denen er sprach, trat diese Art Menschen eher selten auf.

Karin Degen war über die geringe Resonanz ihrer eigenen Bekenntnisse verstimmt. Sie sagte, dass sie jetzt wieder hinunter wolle nach Sils. Und als sie angeschnallt hatten, fuhr sie so schnell davon, dass Hochkamm nicht mitkam. Sie drehte sich auch nicht nach ihm um, als er zwei mal stürzte und Mühe hatte wieder auf die Skier zu kommen. Ja, es bereitete ihr Genugtuung, wenn der Abstand zwischen ihnen wuchs.

Solche Erlebnisse waren es, die Hochkamm davon überzeugten, Karins Versuch, in sein Wesen einzudringen, werde sie dem Ziel, ein Paar zu werden, nicht näher bringen. Vielleicht, so überlegte er, sollte er die Reihenfolge doch umkehren und das Körperliche voranstellen. Seelisches werde dann schon nachfolgen.

Ehe er zum Sturm antrat, wollte er allerdings Risiken ausschließen, wie sie in seinem Intimleben mit Stefanie Quick aufgetreten waren, oder sie wenigstens minimieren. So holte er sich den Segen seiner Mutter, damit ihr Unwille ihn nicht niederhielt. Um Mithörer auszuschließen, rief er sie auf seinem Handy an. Das Gespräch wurde lang und teuer, denn Frau Hochkamm lief der Mund über, da ihr Herz voll war. Genau richtig sei diese kleine Degen, meinte sie, die Tochter eines reichen und einflussreichen Managers der Rüstungsindustrie. Vor dem Schwiegersohn Degens öffne sich manche Tür, an der er derzeit noch vergeblich klopfe.

Obwohl Ludwig Hochkamm sich nicht in die Luft erheben musste um mütterlichem Verbot zu entfliehen, wollte er doch auf Flugstärkung nicht verzichten. Es gelang ihm, ein kleines Schweizer Sportflugzeug zu mieten und damit kreiste er, Karin Degen neben sich, über den Gletscherriesen. Jetzt waren sie nicht mehr die Zwerge im Tal, jetzt gehörte die Welt ihnen. Die gewaltige Majestät dieses erstarrten Meeres aus Billionen glitzernder Kristalle lag ihnen zu Füßen. Ludwig hatte es seiner Karin zu Füßen gelegt und die legte ihre linke Hand anerkennend auf seine rechte Schulter, als sie im geliehenen Mercedes zum Hotel zurückfuhren.

Das Abendessen war fünfgängig und von solider Schweizer Qualität. Hochkamm hatte eine Flasche Bündner Rotwein dazu bestellt und war entschlossen sie mit Karin bis zum letzten Tropfen zu leeren. Schon nach einem halben Liter erreichte seine Redseligkeit, vom nachklingenden Höhenrausch zusätzlich angetrieben, Ausmaße, die seine besten Wahlkampftage übertrafen. Er steigerte sich in Geschwindigkeit, Ausdruckskraft und innerem Feuer von Glas zu Glas, gab alle politischen Gegner der Lächerlichkeit preis und führte seine Partei von Sieg zu Sieg. Zunächst versuchte sich Karin noch an Einwürfen; aber nachdem Hochkamms Atempausen immer kürzer wurden, resignierte sie, verstummte und sank vom Höhenrausch in tiefverschattete Täler. Um 23 Uhr gähnte sie hinter vorgehaltener Hand und äußerte den Wunsch zu Bett zu gehen.

Auf dem Weg zu ihrer Zimmertüre sagte Hochkamm schwärmerisch, einen so einmalig schönen Tag müsse man doch im gemeinsamen Erleben ausklingen lassen. Aber Karin Degen klagte, sie habe bohrende Kopfschmerzen und brauche dringend Stille, sonst nichts. Vielleicht solle er das nächste Mal einen leichteren Wein bestellen. Sie schloss die Türe hinter sich, noch ehe Hochkamm zu Gute-Nacht-Zärtlichkeiten ansetzen konnte und er hörte, wie sie den Schlüssel gewalttätig im Schloss drehte.

XII

Dass es mit seiner Tochter und Ludwig Hochkamm nicht voranging, schien Herrn Degen wenig zu kümmern. Er jedenfalls blieb dem Staatssekretär zugetan. Seine jährliche Parteispende leitete er nunmehr über Hochkamm, als habe der die Gabe eingeworben, was den guten Ruf des Staatssekretärs in der ihn tragenden Partei befestigen sollte. Auch wurde Hochkamm zu seiner Überraschung in den wehrpolitischen Arbeitskreis seiner Partei berufen, wo er alsbald einen Vortrag über „Deutsche Wehrpolitik nach Beendigung der Nachkriegszeit" halten durfte. Natürlich hatte Degen dabei die Hand im Spiel. Er bekannte sich auch offen zu seiner Intervention, so dass Hochkamm nicht umhin konnte sich artig zu bedanken.

Bei dieser Gelegenheit kam Degen mit dem Ansinnen Hochkamm möge ihn in die Türkei begleiten. Noch immer hatte er keine Ausfuhrgenehmigung für seine Hubschrauber. Die Türken wurden ungeduldig und begannen sich nach anderen Fabrikaten umzusehen. Da war es höchste Zeit den Glauben an den deutschen Lieferanten zu stärken. Ein echter Staatssekretär, dachte Degen, könnte Wunder wirken. Identifiziert der sich mit dem Hubschraubergeschäft, kann es mit der Ausfuhrgenehmigung so schlecht nicht stehen. Zwar regierte Hochkamm nicht beim Bund, sondern in einem Bundesland, aber wer durchschaut schon den deutschen Föderalismus. Jedenfalls war er von der richtigen Partei.

An Warnungen fehlte es nicht. Alle Berater rieten Hochkamm von dieser Reise ab, Lindenblatt, Stefanie

Quick und, was am schwersten wog, seine Mutter. „Bub", sagte sie, „das kann dir nur Ärger bringen. Du mischst dich da in etwas ein, das dir nicht zusteht. Zuständigkeiten aber sind das Skelett der Staatskunst."

Hochkamm konnte nicht nein sagen. 52 mal war er mit Degens Maschinen geflogen, dahin, wo e r wollte. Und jetzt, wo Degen das Ziel vorgab, sollte er sich verweigern? Verweigern einem Mann, der ihn zum Schwiegersohn nehmen würde, wenn seine Tochter nur wollte? Natürlich musste er als Privatmann mitreisen, keineswegs als Regierungsvertreter, ein Privatreisender in Begleitung eines Geschäftsmanns.

Die Türken allerdings sahen das anders. Als Degens Firmenmaschine auf dem Militärflughafen in der Nähe von Ankara landete, wartete ein Staatssekretär aus dem türkischen Verteidigungsministerium, eingerahmt von zwei Generälen, an der Gangway, und Degen schob Hochkamm vor sich her die Treppe hinunter. Händeschütteln von Staatssekretär zu Staatssekretär und die Generäle salutierten. Dann spielte eine Militärkapelle mit weißen Handschuhen einen Marsch, der Hochkamm preußisch vorkam. Die Ehrenkompanie präsentierte das Gewehr. Hochkamm schritt rechts von seinem Kollegen die Front ab. Obwohl er sich sagte, dass dies nicht sein durfte, überkam ihn ein Hochgefühl, das er selbst bei Reden vor 2000 jubelnden Zuhörern noch nicht empfunden hatte. Man erkannte ihn an als einen der Mächtigen. Die bewaffnete Macht erwies ihm die Ehre.

Am andern Tag war das Bild in der Zeitung, Hochkamm vor der Ehrenkompanie, kerzengerade, das Kinn energisch vorgeschoben, als hätte er die Generalsuniform nur vorübergehend gegen einen dunkelblauen Anzug eingetauscht. Unter dem Bild stand: „Staatssekretär Hochkamm: Wir werden die Hubschrauber liefern". Das hatte er nicht gesagt! Da konnte er einen Eid darauf schwören. Den Satz hatte er sich genau überlegt. Er hieß: Meiner Meinung nach sollten wir die Hubschrauber liefern und ich hoffe sehr, dass sich diese Meinung auch in der Bundesregierung durchsetzen wird. Aber eine Schlagzeile musste kürzer sein. Das sollte er wissen.

Hochkamm konnte den restlichen Türkeibesuch nicht mehr recht genießen, nicht die Flugschau auf dem Militärflugplatz, nicht das achtgängige Dinner mit den vielen glitzernden Damen und den Galauniformen. Er musste an die Folgen denken.

Kaum in der Landeshauptstadt gelandet, wurde er zum Ministerpräsidenten gerufen. Der blieb hinter seinem Schreibtisch sitzen und ließ ihn davor stehen. Dann nannte er ihn mit laut grollender Stimme ein Rindvieh, das auf fremden Weiden grast. Das soll er künftig gefälligst bleiben lassen. Sonst gäbe es eine Notschlachtung. Die Bundesregierung habe massiv interveniert. Das nächste Mal wollten die ein Opfer sehen. Dann durfte Hochkamm sich setzen. Der Ministerpräsident wurde gemütlich.

„Die stellen sich in Bonn an mit ihren Waffenlieferungen", sagte er, „wie eine Jungfrau, die Angst hat ihre Unschuld zu verlieren. Weil wir vor einem halben Jahrhundert einen Weltkrieg angezettelt haben, können wir doch nicht ewig die Deppen spielen und den anderen die Geschäfte überlassen. Unsere Industrie braucht Aufträge, woher auch immer. Non olet!"

Der Ministerpräsident lachte und Hochkamm wusste, dass er es beim Alten nicht verschissen hatte, wie er seiner Mutter gleich anschließend am Telefon berichtete, worauf Frau Hochkamm seine Ausdrucksweise als ordinär rügte.

Dann aber kam die Sache mit der Jagdverpachtung. Die ging gründlich schief. Nur weil Hochkamm nicht wusste, wer Dr. Kerkov ist. Niemand hatte ihn darauf aufmerksam gemacht, dass Dr. Kerkov, Leiter einer Privatklinik, kürzlich die Frau des Ministerpräsidenten behandelt und sie von Asthmaanfällen befreit hatte. Dass Lindenblatt als Beamter das nicht wusste, mochte angehen. Aber Stefanie Quick mit ihrer Parteierfahrung hätte es wissen müssen. Vielleicht wusste sie es auch und hatte Hochkamm absichtlich im Dunkeln gelassen.

Dr. Kerkov und Degen hatten sich um dasselbe Jagdrevier beworben. Das war das Unglück. Das Jagdrevier gehörte zu einem kleinen Staatsgut, in dessen Stallungen die Pferde der Polizeireiterstaffel standen, einer Einheit der Bereitschaftspolizei, die mehr sportlichen und repräsentativen Zwecken als dazu diente die öffentliche Ordnung reitend zu erhalten. Jedenfalls begründete die Reiterstaffel die Zuständigkeit des Innenministeriums für das Staatsgut und das dazugehörende Jagdrevier, das stets an hochmögende Privatpersonen verpachtet wurde. Der letzte Hochmögende war eben verstorben und so wurde die Verpachtung ausgeschrieben, wobei dem Meistbietenden der Zuschlag gebührte.

Hochkamm ritt nicht auf Pferden, die nur in kurzen Sprüngen vom Boden abheben. Er schoss auch nicht auf Hirsche und Rehe. Die Sache mit der Jagdpacht hätte ihn nicht interessiert, wenn nicht Degen ihm in den Ohren gelegen hätte.

Degen jagte mit Leidenschaft. Er war auch schon mit dem letzten Hochmögenden in den polizeilichen Jagdgründen auf die Pirsch gegangen und wusste, dass dort der Bestand an respektablen Hirschen beachtlich war. Also bewarb er sich um die Pachtnachfolge und er vertraute auf Hochkamms Unterstützung.

„Ludwig, die Jagd liegt mir ganz besonders am Herzen. Ich kann mich da doch auf dich verlassen."

„Felsenfest, Günther," hatte Ludwig geantwortet. So hielt sich Günther Degen zurück in seinem Gebot, denn er war reich und daher sparsam. Der Ludwig wird's schon richten.

Dr. Kerkov gab das höhere Gebot ab. Hochkamm ließ sich die Sache vom zuständigen Referenten vortragen. Der fand die Rechtslage eindeutig. Dr. Kerkov musste den Zuschlag erhalten.

„Ich kenne diesen Kerkov nicht," sagte Hochkamm. „Ein Nobody. Degen hat sich als einer unserer führenden Wirtschaftsmanager um den Staat verdient gemacht. Ich habe ihm das Jagdrevier versprochen. Er muss in den sauren Apfel beißen und sein Angebot nachträglich über Kerkov hinaus erhöhen. Dann wird er der Pächter."

„Nachträglich erhöhen ist nicht zulässig," sagte der Referent.

„Das verantworte ich," bemerkte Hochkamm. Der Referent schrieb unter seinen Entwurf einer Verfügung an den Gutsverwalter: Gefertigt auf Weisung des Staatssekretärs.

Dr. Kerkov fand sich mit seiner Niederlage nicht ab. Er beklagte sich bei der Frau des Ministerpräsidenten, als sie ihn in seiner Sprechstunde konsultierte. Die wiederum warf ihrem Mann vor, er dulde Willkür, wenn nicht gar Korruption in einem seiner Ministerien, und sie regte sich dabei so sehr auf, dass sie erneut einen Asthmaanfall bekam. Dies wiederum erfüllte den Ministerpräsidenten mit gerechtem Zorn. Er rief den Innenminister an, er möge seinen tölpelhaften Staatssekretär, der in jeden Fettnapf trample, endlich zur Raison bringen. Lange habe er mit diesem Menschen nicht mehr Geduld.

Das Schlimmste für Hochkamm war, dass er zu Günther Degen gehen musste, um ihm zu sagen, er habe gegenüber dem Leibarzt der Landesmutter zurückzustehen. Degen hatte die Hirschgeweihe schon in seinem Jagdzimmer gesehen und jetzt das. Der Ludwig, dachte er, hat die Sache falsch eingefädelt. Er war nicht informiert, wusste nicht, wer Kerkov ist, und erwies sich als Großsprecher. Degen war erstmals kühl und herablassend, als er Hochkamm verabschiedete, und er vermied es, ihn mit seinem Vornamen anzusprechen.

Der Innenminister aber sagte zu seiner Frau, Hochkamm habe keine Fortune mehr. Wo er auch hinlange, klebe ihm Pech an den Händen. So etwas sei in der Politik schwer umzukehren. Jeder Fehler ziehe andere nach sich. Ist erst der Lack ab, sieht man jeden Kratzer.

„Wenn dem Ministerpräsidenten der Geduldsfaden reißt, muss ich genügend Material haben, das man in die Medien einsickern lassen kann."

Der persönliche Referent des Ministers war für solche Dinge zu gebrauchen. Ministerialrat Schwarzkopf meinte, es sei altertümlich zwischen Partei und Staat zu unterscheiden. Die Partei, das seien Menschen von seiner Überzeugung. Der Staat sei nur ein blutleerer Begriff. Es genüge nicht in der richtigen Partei zu sein. Man müsse zu denen gehören, die den inneren Machtkreis bildeten. Ihnen zu dienen, das wusste Schwarzkopf, gab Macht für Nadelstiche und Fußtritte gegen die, die außerhalb des Machtkreises im politischen Regen standen.

Der Minister gab Schwarzkopf den Auftrag, Material zu sammeln über Hochkamm, und Schwarzkopf zeigte mit einem verständnisinnigen Grinsen, dass er Bescheid wusste, um was es ging.

Er brauchte einen zuverlässigen Horchposten in der Nähe Hochkamms. Lindenblatt war dafür nicht geeignet. Der war noch Staatsbeamter durch und durch, korrekt und loyal. Der zieht keine Fäden im Dunkeln. Stefanie Quick war da eher nach seinem Geschmack. Aber er wusste nicht, wie stark sie noch auf Hochkamm setzte. Wenn sie sicher war, dass Hochkamm auf der Abschussliste stand, würde sie überlaufen, da hatte Schwarzkopf keinen Zweifel. Aber diese Sicherheit durfte er ihr noch nicht geben.

Es blieb Frau Stricker, die Stefanie Quick verdrängt hatte. Sie durfte zwar Hochkamm nur ihren gekrümmten Rücken zeigen und musste auf die kahle Wand schauen. Aber ihre Ohren hatte sie sicher offen, wenn Interessantes geplaudert wurde.

Man musste sie unauffällig ins Vertrauen ziehen. Schwarzkopf hatte rasch erkundet, dass sie beide von einer U-Bahnstation denselben zehnminütigen Fußweg zum Ministerium zurücklegten, nur zu verschiedenen Zeiten, Frau Stricker um halb acht Uhr, Schwarzkopf um halb neun. Schwarzkopf wurde zum

Frühaufsteher. Die Arbeitslast zwinge ihn dazu, sagte er allen, die sich darüber wunderten, auch Frau Stricker, der er nun zwangsläufig begegnete und die er täglich ein Stück Wegs begleitete. So viel Aufmerksamkeit eines hohen Beamten war sie seit ihrer Verbannung an die kahle Wand nicht mehr gewohnt.

Zuerst reagierte sie verlegen und wenig gesprächig. Bald aber fand sie, irgend etwas müsse Schwarzkopf an ihr anziehend finden, und sie gewann an Selbstvertrauen. Stück um Stück löste sich von dem Groll, der sich in ihrer Brust zusammengepresst hatte, und Schwarzkopf filterte sorgfältig Belastungsmaterial aus dem Strom der Verbitterung, der ihm in den zehn Minuten gemeinsamen Wegs zufloss. Frau Stricker war eine Fundgrube. Sie hatte Aufzeichnungen gemacht. Jeden Flug Hochkamms mit den Hubschraubern der Polizei oder mit den Firmenmaschinen Degens hatte sie aufgeschrieben, auch die vielen Abwesenheiten von Frau Quick während der Dienstzeit, vor allem ihre Fahrten zum Frisör mit dem Dienstwagen des Staatssekretärs. Von denen redete sie mit besonderer Abscheu. Immer sei die Quick von ihren Flug- und Nachflugabenteuern mit zerwühltem Haar zurückgekommen. Dann habe Karl, Hochkamms Chauffeur, sie zum Frisör fahren müssen. „Alles auf Staatskosten, dieses miserable Miststück, stellen Sie sich das vor, Herr Schwarzkopf!"

Herr Schwarzkopf stellte es sich genüsslich vor, vor allem die Story, die die Bildzeitung daraus machen könnte. „Spuren staatssekretärlicher Leidenschaft auf Staatskosten geglättet" oder so ähnlich.

Frau Stricker musste Herrn Schwarzkopf Kopien all ihrer Aufzeichnungen aushändigen und er wies sie an, fleißig weiter zu notieren. Die Papiere solle sie streng verwahren bis zum Tag der Vergeltung, der nicht mehr fern sei. Dann werde sie wieder die Chefsekretärin, bei einem neuen Staatssekretär natürlich.

Danach beschränkte er das Frühaufstehen auf einen Tag in der Woche, meist den Dienstag. Das genügte, so meinte er, um Frau Stricker an ihre Abmachung zu erinnern und neue Beobachtungen aufzunehmen.

Frau Stricker musste akzeptieren, dass Schwarzkopfs Interesse nicht ihrer Weiblichkeit galt. Das fiel ihr schwer. Aber die Aussicht auf Rache und das Gefühl tiefer Genugtuung, das sie damit verband, tröstete sie.

XIII

Der Anruf kam am Nachmittag. Hochkamm hatte den Bürgermeister einer Marktgemeinde bei sich, der ein Gemeindehaus errichten wollte. Kultur, Brauchtum und Vereinsleben sollten darin ihre Heimstatt finden. Da erschien es recht und billig, staatliche Hilfe zu erbitten. Hochkamm war gerade dabei, Verständnis zu äußern, wohlwollende Prüfung in Aussicht zu stellen, als Stefanie Quick aus dem Vorzimmer eindrang, was ihr nur in Notfällen gestattet war, und Hochkamm bat, an ihrem Apparat einen dringenden Anruf entgegenzunehmen. Es gehe um seine Mutter.

Aus dem Hörer tönte die fremde Stimme eines Arztes. Hochkamm spürte, wie Angst seinen Puls beschleunigte und seine Gedanken verwirrte. Als er erfasste, dass seine Mutter in der Universitätsklinik lag und lebte, wurde er ruhiger.

Die Zugehfrau hatte Frau Hochkamm vor einer Stunde auf dem Boden ihres Badezimmers gefunden. Sie konnte nicht mehr aufstehen und nur mühsam einzelne Worte artikulieren. Es handle sich um einen Schlaganfall mit Lähmungserscheinungen an den rechten Gliedmaßen und Störungen im Sprachzentrum, sagte der Arzt. Die weitere Entwicklung sei noch nicht abzusehen. Doch bestehe derzeit keine akute Lebensgefahr.

Hochkamm verabschiedete den Bürgermeister, der nur zögernd aufstand, denn er hatte das Gefühl für seine einstündige Autofahrt nicht genug Wohlwollen empfangen zu haben. Die entgegengestreckte Hand Hochkamms drückte er quälend lange, um seinem

Anliegen wenigstens auf diese Weise Nachdruck zu geben.

Als Hochkamm ans Krankenbett seiner Mutter trat, erschrak er, wie klein sie geworden war. Immer hatte er sie als eine hochgewachsene, gerade aufgerichtete Frau vor sich gesehen.

Jetzt blickte er auf ein schmales blasses Gesicht, das nicht mehr im rechten Verhältnis zu den großen, dunklen Augen stand. Auch die Arme, die auf der Bettdecke lagen, erschienen ihm kurz und zerbrechlich, als hätten sie noch nicht gelernt zuzupacken. Der Köper zeichnete sich unter der Decke ab. Er füllte dieses Bett nicht aus, er verlor sich darin. Wie ein Kind, dachte Hochkamm, das man in ein Erwachsenenbett gelegt hat. Wie ein Kind, der Gedanke setzte sich in ihm fest. Diese hilflose Frau war nicht mehr die starke Mutter, die er kannte. Aber er konnte auch nicht einfach die Rollen tauschen und das kindlich gewordene Wesen bemuttern. Vielleicht waren sie jetzt beide Kinder.

Er sagte Belangloses. Dass doch alles glimpflich verlaufen sei. Sie werde alle ihre Fähigkeiten wiedergewinnen. Laufen werde sie wieder und reden wie er, wie ein Politiker. Es müsse ja nicht vom Tisch herunter sein. Dazu lachte er verkrampft. Aber sie lachte nicht mit. Sie wischte vielmehr sein Gerede weg mit einer ärgerlichen Geste ihrer linken Hand, die sie noch bewegen konnte. Dann winkte sie ihn nahe an sich heran. Ganz dicht sollte sein Ohr an ihrem Mund sein. Offenbar wollte sie etwas mitteilen, das ihr sehr am Herzen lag. Er konnte ihr Gestammel kaum verstehen, so nahe er auch bei ihr war.

„Nicht die Quick", das meinte er herauszuhören.

„Nicht die Quick", wiederholte er und als sie nickte, sagte er lachend: „Ich werde die Stefanie nicht heiraten, ganz gewiss nicht. Da kannst du dich drauf verlassen. Ich werd' schon noch die Rechte finden. Und dann wirst du mit mir Hochzeit feiern, eine glanzvolle Hochzeit. Und du wirst so schön sein wie die Braut."

Dann musste er gehen, weil die Krankenschwester mahnte, Frau Hochkamm brauche Ruhe. Er strich seiner Mutter, die ein Kind geworden war, über den Kopf, aber er tat es mit steifen Fingern, als stehe ihm das nicht zu. Ein wenig spöttisch, glaubte er, lächelte sie dabei.

Nachts um zwei Uhr läutete das Telefon neben Hochkamms Bett. Er schreckte auf und hatte sofort dieses panische Angstgefühl, das ihn auf hohen Rednerpodesten ergriff. Wieder tönte eine Arztstimme aus dem Hörer. Ein zweiter Schlaganfall habe die Gehirnfunktionen seiner Mutter weitgehend ausgeschaltet. Sie sei ohne Bewusstsein. Mit ihrem baldigen Ableben müsse gerechnet werden. Hochkamm fuhr selbst in die Klinik, obwohl er sich ohne Chauffeur unsicher fühlte, unsicherer als am Steuer eines Flugzeugs. Als er am Bett seiner Mutter stand, war sie bereits tot. Ihre Augen waren geschlossen, ihre Hände übereinandergelegt. Auch jetzt wagte er nicht sie anzurühren. Es befremdete ihn, dass sie da war, vor ihm lag und doch nicht mehr da war. Ihr Körper sah noch immer aus wie am Nachmittag.

Jetzt, wo sie von ihm getrennt war, kam ihm der Gedanke, wer sie wohl gewesen sei. Er hatte sie immer nur in Bezug auf sich gesehen. Eine Frau, auf die er sich stützen konnte, die ihn beriet, die ihm Mut zusprach, die ihn tröstete, die an ihn glaubte. Ob sie andere Bedürfnisse hatte, die mit ihm nichts zu tun hatten? Ob sie seinen Vater liebte oder jemand anderen? Ob sie glücklich war, wenigstens manchmal, für Augenblicke, so wie er, wenn er ein Flugzeug über den Dunst der Wolken steuerte? Ob sie Sehnsüchte kannte und die Enttäuschung, dass sie ihr Ziel nicht erreichte? Er hatte sie nie gefragt und er konnte sie jetzt nicht mehr fragen.

Als er in seine Wohnung zurückkehrte, war es halb vier Uhr. Es würde Stunden dauern, bis es dämmerte. Schlaf konnte er nicht finden, auch nicht die Konzentration um etwas zu lesen. Er hätte gerne geredet. Aber mit wem? Er hatte keine Geschwister, keine Freunde, die der Tod seiner Mutter interessierte, nur Parteifreunde. Stefanie Quick fiel ihm ein. Sie würde sofort kommen. Aber war es nicht pietätlos die letzten Worte seiner Mutter so wenig zu achten und ausgerechnet mit der Quick über sie zu reden?

Bis kurz vor fünf Uhr kämpfte er mit seiner Angst und ging ruhelos durch die Wohnung. Dann setzte er sich vor das Tischchen mit dem Telefon und wählte Stefanies Nummer.

Es meldete sich der Anrufbeantworter. Das schockierte ihn. Er wusste, sie schaltete den Anrufbeantworter nie ein, wenn sie zu Hause war, auch nachts nicht. Wo war sie also um fünf Uhr? Ihre Beziehungen hatten sich sehr gelockert seit dieser Sache mit Karin Degen. Die letzte Nachflugaffäre lag geraume Zeit zurück. Vielleicht hatte sie inzwischen einen Freund. Er hatte kein Recht ihr das übel zu nehmen. Sein Verstand sagte ihm das. Aber sein Gefühl meinte, sie müsste ihm jetzt zur Verfügung stehen.

Irgendjemand musste doch da sein für ihn, nachdem seine Mutter sich in ein Kind verwandelt hatte und dann in eine leblose Hülle.

Seine Stimme klang verärgert, ja trotzig, als er dem Anrufbeantworter anvertraute, seine Mutter sei gestorben und Stefanie solle dringend zu ihm in die Wohnung kommen.

Um sieben Uhr rief Stefanie Quick endlich zurück. Sie fragte, ob sie den Dienstwagen mit Chauffeur zu sich beordern dürfe, dann sei sie am schnellsten bei ihm. Er hatte nichts einzuwenden. Es klang fast geschäftsmäßig, als sie ihm kondolierte, so, als sei sie für seine Gefühle nicht zuständig. Dann sagte sie, dass sie sich um alles kümmern werde. Es sei ja wohl viel zu organisieren, der Auftrag an das Bestattungsunternehmen, der Beerdigungstermin, die Todesanzeige, die Angaben für den Pfarrer und vieles mehr. Soweit es nicht telefonisch gehe, sollte Karl, Hochkamms Chauffeur, sie fahren.

Hochkamm dachte daran, wie er oft vor seiner Mutter auf dem rot-braunen Teppich gesessen hatte, den Rücken gegen ihre Beine gelehnt, den Kopf in ihren Händen. So getröstet zu werden, danach sehnte er sich jetzt. Aber Stefanie Quick fragte ihn, welche Musik er denn für die Trauerfeier wünsche. Ein Streichquartett, meinte sie, sei immer gut.

XIV

Nach dem Tod seiner Mutter ging Hochkamm wieder öfter zur Hubschrauberstaffel der Polizei. Man behandelte ihn nicht respektlos dort, aber doch so, als wäre er einer der ihren, ein Fliegerkumpel. Bürklein fragte nie, wann er nun Polizeiobermeister werde. Er lobte Hochkamms Flugkünste, wenn er meinte, dass dieser Lob brauchte, und er meinte dies oft in letzter Zeit.

Hochkamm gab Stefanie Quick stets Bescheid, wenn er zur Staffel fuhr, und er sagte, wann sie ihn zurückerwarten konnte. Einmal traf er Bürklein nicht an, er war überraschend zum Einsatz gerufen worden. Ohne Bürklein wollte er nicht fliegen. So fuhr er zurück ins Büro. Als er die Tür zu seinem Vorzimmer aufstieß, sah er Stefanie Quick und Ministerialrat Schwarzkopf, den persönlichen Referenten des Ministers, eng umschlungen mitten im Raum stehen. Sie fuhren auseinander und starrten ihn an, als sei er ein Gespenst, mit dessen Erscheinen niemand zu rechnen brauchte. Hochkamm sagte nichts und ging in sein Zimmer.

Jetzt nicht von Gefühlen überschwemmen lassen, dachte er. Seine Mutter hätte ihn so ermahnt und gesagt, er solle mit kühlem Verstand an die Situation herangehen und analysieren, was sie für ihn zu bedeuten habe. Stefanie hatte gewiss nicht den Verstand verloren, nein, die wusste, was sie tat. Die suchte neuen Rückhalt, wechselte das Lager, weil sie ihn für einen Absteiger hielt. Das war es, da durfte er sich nichts vormachen, sie hielt ihn für einen Absteiger.

Irgendwie musste ihm der Geruch eines Absteigers anhaften. Und er hatte es bisher nicht gemerkt. Er hatte sich noch immer für einen Politiker mit Zukunft gehalten. Dass Schwarzkopf, dieser Karrierebastler, es wagte Stefanie in seinem Vorzimmer anzurühren, konnte doch nur bedeuten, auch er hielt ihn für einen Absteiger. Schwarzkopf war vorsichtig, er sicherte sich ab, bevor er handelte. Sein Chef, der Minister, musste ihm bedeutet haben, dass Hochkamm keine Zukunft hatte, und der Minister wiederum tat nichts ohne den Segen des Ministerpräsidenten.

Eine Umarmung in meinem Vorzimmer, dachte Hochkamm, und plötzlich sieht die Welt bedrohlich aus, in höchstem Maße bedrohlich. Was er auch immer tat, Stefanie würde es dem Schwarzkopf melden und der dem Minister. Er konnte die Quick auch nicht hinauswerfen aus seinem Vorzimmer. Das wäre die offene Kriegserklärung an Schwarzkopf und damit an den Minister. Auch hätte er dann einen Seismograph für Gnade und Ungnade des Ministerpräsidenten nicht mehr in Sichtweite. Solange Stefanie täglich um ihn war, konnte er aus ihrem Verhalten ablesen, wie es um ihn stand. Vielleicht gelang es ihm ein wenig an alte Vertraulichkeiten anzuknüpfen und die eine oder andere Information aus ihr herauszuholen. Vielleicht verzogen sich auch die Gewitterwolken wieder und er gehörte eines Tages nicht mehr zu den Absteigern.

So beschloss Hochkamm sich so zu verhalten, als sei nichts gewesen. Oft ging er auf den Friedhof, mindestens einmal in der Woche, und legte eine Rose auf das Grab seiner Mutter. Eine viertel Stunde stand er dann still davor und versuchte Zwiesprache zu halten. Aber er wusste, dass er nur sich selbst antwortete, wenn auch so, wie er glaubte, dass seine Mutter geantwortet hätte.

Als er an einem Freitag Mittag vom Grab wegging, kam ihm auf dem Friedhofsweg Frau Degen entgegen. Er erkannte sie erst im letzten Moment, weil er vor sich hin auf den Kiesweg starrte.

Ob sie denn auch einen Angehörigen habe, den sie nur noch hier besuchen könne, fragte er Frau Degen. Die verneinte. Was sie besuche, sei die Totenruhe im Allgemeinen. Aber als sie das sagte, gestand sie sich ein, dass sie gehofft hatte, Hochkamm hier zu finden. Dennoch redete sie weiter über Leben und Tod im Allgemeinen.

Es sei doch ungeheuer, sagte sie, was die Menschen so auftürmten in ihrem Leben an Taten und Gedanken, an Kunst und Wissenschaft und anderen Werken und all das vernetze sich zu einem riesigen Gewebe, das unabhängig von seinem Schöpfer weiterexistiere. Daneben seien Gräber kleine Einschnitte, wenn auch unser Gefühl an ihnen hänge, denn das sei gebunden an Personen und an das Leben mit ihnen.

„Solche Gedanken sind mir fremd", sagte Hochkamm. „Ich bin kein Philosoph. Ich bin ein Praktiker mit gesundem Hausverstand. Ein Politiker, der anfängt zu philosophieren, dem rutscht die Macht schnell aus den Händen."

„Man könnte den Satz auch umkehren", meinte Frau Degen. „Ein Politiker, dem die Macht aus den Händen rutscht, täte gut daran, ein wenig zu philosophieren."

Hochkamm erschrak über diesen Ausspruch und das spöttische Lächeln, das ihn begleitete. Aber Frau Degen bot ihm sofort wieder das charmante Wohlwollen Wiener Schule, in das er so gerne eintauchte.

Bedauerlich fand sie, dass man sich in letzter Zeit nicht mehr sehe. Geschäftlich seien die Anlässe wohl seltener geworden. Ihr Mann müsse eben den Gelegenheiten nachjagen, wo sie sich böten. Ihre Tochter, nun, die habe ihren eigenen Kopf und ihr eigenes Herz und die seien wohl nicht in Einklang zu bringen gewesen mit seiner, Hochkamms, Wellenlänge. Aber wenn er mit ihr Vorlieb nehme, so sei er im Haus Degen nach wie vor willkommen. Sie leite kein geschäftliches Interesse, auch bewahre sie ihr fortgeschrittenes Alter vor Liebelei. Bei dieser Bemerkung steigerte sich ihr Wiener Charme kurzzeitig ins Schelmische. Dann wieder ganz ernst, bot sie Plaudereien am Teetisch an, kein ebenbürtiger Ersatz für den mütterlichen Rat, gewiss nicht, aber doch geduldiges Zuhören und hin und wieder eine kleine Zutat aus längerer Lebenserfahrung.

Hochkamm zögerte mit seiner Antwort. Etwas war ihm unheimlich an diesem Angebot. Vielleicht das Schelmische, mit dem Frau Degen Liebeleien ausschloss. Dann aber konnte er dem wärmenden Wohlwollen nicht widerstehen und sagte, dass er sich bald melden werde.

Sie saßen sich gegenüber an einem runden Tischchen aus Kirschholz, dessen Platte durch Intarsien zum Schachbrett ausgearbeitet war. Offenbar spielte niemand mehr daran. Jetzt jedenfalls standen die Teetassen darauf und Schälchen mit Teegebäck. Hochkamm fiel es schwer sich zu entspannen in einem Armlehnsessel aus der Rokokozeit Ludwig des XV. und er fingerte nervös an den geschnitzten Akanthusblättern, die das Ende der Armstützen zierten, während Frau Degen sich dem aristokratischen Möbel in einer routinierten Mischung aus Lässigkeit und Korrektheit anpasste.

Schon gegen Ende der ersten Teestunde gelang es Frau Degen Hochkamms verlegene Höflichkeit zu durchbrechen und ihren Gast in jene Stimmung unterwürfiger Vertraulichkeit zu versetzen, die ihn an die früheren Besuche bei seiner Mutter erinnerte.

Plaudereien über das Tagesgeschehen wechselten ins Persönliche und schon beim zweiten Teebesuch entlockte Frau Degen ihrem Gast Bekenntnishaftes. Es ging wieder um seine Schwierigkeiten Brücken zu schlagen von Mensch zu Mensch, Schwierigkeiten, die in merkwürdigem Gegensatz standen zu der Faszination, die er auf Menschenmassen ausübte. Er hatte viel darüber nachgedacht in letzter Zeit, auch Populärwissenschaftliches über Tiefenpsychologie gelesen, und so grub er nach den Wurzeln in früher Kindheit.

Wer schon konnte schuld sein, wenn nicht Vater oder Mutter?

„Frau Degen," sagte er, „ich bin mir inzwischen sicher, mein Vater war es. Er hat mich zum kontaktarmen Krüppel gemacht. Dieser Wirtschaftsprüfer hat mich behandelt wie seine Bilanzen. Soll und Haben mussten stimmen. Und sein Soll waren Pünktlichkeit, leer gegessene Teller, Zappelfreiheit, Mund halten und Sauberkeit. Gespielt hat er nie mit mir, ohne Anordnung auch nicht mit mir geredet, mich nicht auf den Arm genommen und mich nicht gestreichelt, und gelobt hat er mich schon gar nicht. Außer, ja, außer bei meinen Reden. Meine Mutter hat mir das alles erzählt.

Schon von meiner ersten sinnlosen, Silben deklamierenden Rede mit eineinhalb Jahren war er begeistert und hat seinen Ordnungsfanatismus vergessen. Von Mensch zu Mensch konnte ich keinen Kontakt finden zu ihm. Es ging nur über das Deklamieren von Reden. Ist es da ein Wunder, dass es bei diesem Notbehelf geblieben ist? Ich bin mir sicher, mein Vater war es, der mich kontaktarm gemacht hat."

Hochkamm war bei diesem Bekenntnis weit nach vorne gerutscht auf seinem Rokokosessel, hatte die Finger von den Akanthusblättern gelöst und sie zur Faust geballt, mit der er das Urteil über seinen Vater vollstreckte.

„Und was nützt Ihnen dieses Urteil über Ihren toten Vater?" wandte Frau Degen ein. „Vielleicht war er so, dieser Wirtschaftsprüfer. Vielleicht aber hat Ihnen Ihre Mutter auch Einseitiges über ihn berichtet oder gar Falsches. Ist das nicht gleichgültig? Sie sind erwachsen. Sie müssen ihr Leben selbst gestalten. Das Erforschen der Eierschalen bringt Sie um keinen Deut weiter. Sie sollten sie abstreifen, Ihre Eierschalen, und Einstellungen, die Sie behindern, entschlossen ändern. Ihr toter Vater hindert Sie nicht daran."

„Das klingt so einfach, Frau Degen. Du musst dein Leben ändern, ist immer richtig. Das weiß jeder. Aber wie? Im praktischen Detail gehen doch die Schwierigkeiten erst an."

„Die Menschen sind um Sie herum, Herr Hochkamm. Sie brauchen sich nur für sie zu interessieren. Sprechen Sie morgen früh, wenn Sie ins Ministerium gehen, mit dem Pförtner. Wissen Sie überhaupt, wie er heißt? Ob er Familie hat, Frau und Kinder? Wie es denen geht? Was sie treiben? Sie schütteln den Kopf. Dann tun sie es doch. Schon haben Sie Kontakt zu einem Mitmenschen. Menschen sind immer interessant. Man muss nur das Interesse für sie aufbringen.

Oder nehmen Sie Ihren Fahrer, Herr Hochkamm. Ich beobachte ihn seit Längerem. Er hat die typischen senkrecht eingegrabenen Falten des Magenkranken in den eingefallenen Backen. Reden Sie mit ihm darüber. Hat er zu viel Stress, geben Sie ihm zu wenig Zeit um einen Termin zu erreichen? Lassen Sie ihn ständig hinter der Zeit herhetzen? Warum interessieren Sie sich nicht für seine Probleme?"

„Sie haben die türkische Putzfrau vergessen, die jeden Morgen mein Büro putzt", warf Hochkamm ein um wieder Abstand zu gewinnen.

Aber Frau Degen ließ sich nicht zurückdrängen. „Richtig, die Frauen!" sagte sie. „Mit ihnen ist alles leichter. Einmal kommt Ihnen da die natürliche Anziehungskraft zugute. Zum andern sind Frauen lebensnäher, zupackender, selten mundfaul, gewohnt mit krähenden, bockigen Kindern umzugehen, so dass sie auch mit dem schwierigsten Kind im Manne zurecht kommen, wenn es sein muss. Üben Sie mit Frauen, Herr Hochkamm. Aber halten Sie ihnen keine Parteireden."

Hochkamm war nicht gewillt heute noch auf dieses Thema einzugehen, das für ihn zu viele Abgründe enthielt um leicht darüber wegzuspringen. So schlug er Vertagung auf den nächsten Tee vor, zumal er heute Abend die Festrede auf einer Veranstaltung des Deutschen Sportbundes halten sollte und fest entschlossen war sich hierbei als Sportflieger von hoher Kunstfertigkeit zu erweisen.

XV

Günther Degen war ein Mann mit einfachen Grundsätzen. Er kannte Gewinn oder Verlust, Schwarz oder Weiß, Freund oder Feind. Mit Zwischentönen gab er sich nicht ab.

So fand er auch die Situation, die er an einem Freitag Abend im Salon seiner Frau vorfand eindeutig. Er hätte erst am Samstag Vormittag von geschäftlichen Konferenzen zurückfliegen wollen. Aber dann schaffte er es doch noch am Freitag Abend. Er wurde älter und schätzte es immer mehr, im eigenen Bett zu schlafen, in gewohnter, seiner Bequemlichkeit sorgfältig angepasster Umgebung. Angerufen hatte er zu Hause nicht. Er wollte seine Frau überraschen. Sicher würde sie – wie meist um diese Zeit – in ihrem Lieblingssessel aus der Rokokozeit vor dem Schachtisch sitzen und lesen.

Da fand er sie denn auch, als er mit leisem Schritt in ihren Salon trat, aber sie las nicht, sondern kraulte im Haar des Staatssekretärs Hochkamm, der vor ihr auf dem Teppich saß, einem Bidjar, keinem Buchara, den Rücken gegen ihre Beine gelehnt und den Kopf nach hinten gebogen, um ihn in ihre Hände zu legen.

Für Günther Degens Weltsicht ließ diese auffällige Vertrauensseligkeit nur zwei Schlüsse zu: Entweder hatten die beiden schon miteinander geschlafen oder sie waren zielstrebig auf dem Weg dorthin.

Das Gestammel des Staatssekretärs, der eilends auf die Beine sprang, schien ihm demgegenüber unbehelflich. Er solle die Situation, um Gottes Willen, nicht missverstehen, sagte Hochkamm. Frau Degen sei seine mütterliche Ratgeberin. Auch bei seiner Mutter habe er Rat gerne in dieser Position, zu ihren Füßen, eingeholt. Mehr, das könne er versichern, habe dies nicht zu bedeuten.

Günther Degen wollte sich nicht auf Diskussionen einlassen. In dieser Situation, dachte er, galt es klar und abschließend zu entscheiden.

„Holen Sie Rat, wo und in welcher Position Sie wollen," sagte er. „Nur nicht bei meiner Frau. Und jetzt verlassen Sie bitte sofort mein Haus und betreten es nie wieder."

Jeden Versuch Hochkamms, nochmals zu Wort zu kommen, schnitt er ab. So ging Hochkamm schweigend. Den anschließenden Bericht seiner Frau hörte sich Günther Degen zwar an, gab aber nicht eindeutig zu erkennen, ob er ihn glaubwürdig fand.

„Lassen wir das so stehen," sagte er. „Ich möchte darüber nicht reden. Der Mann ist für mich erledigt."
„Nicht nur für mich", fügte er nach kurzer Pause hinzu.

Frau Degen ging es noch geraume Zeit durch den Kopf, wie es denn zu dieser merkwürdigen Beichtstellung des Staatssekretärs gekommen war. Vor allem das Bild, wie sie im Haar des Beichtkindes kraulte, bereitete ihr nachträglich Unbehagen. Hochkamm wollte mit ihr über seine Beziehung zu Frauen reden. Er sagte, wenn er sie dabei ansehen müsse, könne er das nicht. Er müsse von ihr wegsehen, sie im Rücken haben. Bei seiner Mutter sei er in solchen Situationen immer zu ihren Füßen auf dem Teppich gesessen, den Rücken an ihre Beine gelehnt. Er bitte sie sehr darum, dies auch bei ihr zu dürfen.

Sie war einfach zu neugierig auf seinen Bericht, um abzulehnen. Was dann kam, war die Klage über lästige Potenzprobleme, die nur nach beglückenden Flugstunden vorübergehend ins Gegenteil umschlugen. Aber wer kann schon mehrmals wöchentlich ein Flugzeug steuern, es sei denn, er wird Berufspilot?

Frau Degen meinte dazu, dieser Lufthunger sei anormal und müsse ein Ende finden. Theoretische Analysen könne sie nicht empfehlen. Was Not tue, sei die Praxis einer ebenso erfahrenen wie einfühlsamen, gereiften Frau. Sie werde über eine geeignete Person nachdenken.

Wenn sie diesen Stand der Teppichbeichte ins Gedächtnis zurückrief, musste sich Frau Degen eingestehen, dass ihre Fantasie sich damals für einige Augenblicke entfesselt und ihr vorgegaukelt hatte, sie sei die richtige Heilhilfsperson für Hochkamms Leiden. In diesem Augenblick hatte sich auch ihre Hand in Hochkamms Haar verirrt, fantasiegesteuert, also gleichsam unter- oder überbewusst. Aber sie war sich ganz sicher, weiter wäre sie auch nicht gegangen oder hätte sie sich auch nicht gehen lassen, wenn ihr Mann aushäusig geblieben wäre. Und diese Sicherheit wuchs in ihr mit zunehmendem Zeitabstand. Der Fall war für sie erledigt.

Nicht so für Herrn Degen, obgleich er sich wachsender Aufmerksamkeiten durch seine Ehefrau erfreute.

Herr Degen zog die Bilanz des Falles Hochkamm. Dieser Mann war eine Fehlinvestition. Die Ausfuhr der Hubschrauber in die Türkei harrte noch immer der Genehmigung. Den Wehrpolitischen Arbeitskreis der Regierungspartei hatte Hochkamm nicht auf einen neuen, den Waffenexport fördernden Kurs gebracht. Was aber ganz besonders schmerzte, war der Zuschlag des Jagdreviers beim Polizeigut an Dr. Kerkov statt an ihn. Welch klägliches Versagen! Und jetzt noch die plumpe Annäherung an seine Frau! Ein Tölpel! Kein Geschäftspartner für Günther Degen. Und ein Tölpel gehörte auch nicht ins Kabinett.

Günther Degen bat um einen Termin beim Ministerpräsidenten. Immer noch hoffähig, bekam er ihn nach 10 Tagen. Der Ministerpräsident hatte einen leutseligen Tag. Er verließ seine Schreibtischfestung und geleitete den Gast zur Couchgarnitur. Auch bot er Zigarren an und dampfte allein, als Degen ablehnte.

Man sprach über die Geschäftslage und die Behinderung des Rüstungsexports. Der Ministerpräsident bedauerte die mangelnde Erleuchtung der Bundesregierung. An Aufklärungsversuchen von seiner Seite fehle es nicht. Dann bedankte er sich für Degens Spendenfreude.

Der sagte gleichen Segen für das kommende Jahr zu, obgleich die Geschäfte schlechter gingen. Allerdings werde er das Geld nicht mehr über Hochkamm leiten, sondern direkt dem Schatzmeister geben. An Hochkamms Zuverlässigkeit beginne er zu zweifeln. Süchtigen Menschen könne man nicht trauen.

„Oho!" sagte der Ministerpräsident. Er zog schnell an seiner Zigarre und hüllte sich in Wolken.

„Alkoholprobleme?" tönte es hinter den Wolken. „Ich habe nie davon gehört!"

„Nein," sagte Degen, „es handelt sich um Flugsucht." Der Ministerpräsident lachte und wedelte die Wolken zur Seite. „Sie scherzen, Herr Degen. Diese Krankheit gibt es nicht!"

„Und ob es sie gibt, Herr Ministerpräsident. Hochkamm ist von ihr so heftig befallen, dass er sich noch um Kopf und Kragen und uns in die größte Verlegenheit bringt, wenn Sie dem Treiben nicht umgehend Einhalt gebieten."

Dann berichtete Degen, Hochkamm bedränge ihn seit langem, kostenlos Firmenflugzeuge für seine Privatflüge nutzen zu können. Er sei ja nicht kleinlich, wenn es um Mitglieder der Staatsregierung gehe, und habe zunächst gerne ausgeholfen. Aber so etwas dürfe doch nicht zur Gewohnheit oder gar zur Sucht werden. Es sei schließlich so weit gegangen, dass Hochkamm einfach bei der Flugbereitschaft seiner Firma habe anrufen lassen, er bitte für den nächsten Tag, so und so viel Uhr, eine Maschine für ihn bereitzustellen und dann sei er eine Stunde irgendwo sinnlos herumgekurvt, nur um seiner Flugsucht zu frönen.

„Ich bitte Sie, Herr Ministerpräsident, hier hat auch die Spendierfreudigkeit einer – weiß Gott – regierungsfreundlichen Firma ihre Grenzen!"

Der Ministerpräsident zog wieder heftig an der Zigarre. „Unerhört!" brummte er hinter den weißen Wolken. „Der Mann ist nicht mehr ganz dicht! Irgendwie ausgerastet. Größenwahn oder so!"

Aber Degen wusste Weiteres.

„Nicht genug," fuhr er fort, „dass Hochkamm seiner Flugsucht zu Lasten meiner Firma frönte, er tat dies auch zu Lasten des Staates und damit des Steuerzahlers. Mein Flugkapitän Nielsen ist mit dem Polizeimeister Bürklein von der Hubschrauberstaffel der Polizei gut befreundet. Was der zu erzählen weiß, ist schlechthin ein Skandal. Hochkamm fliegt mit den Hubschraubern dieser Staffel, als wären sie sein

Privateigentum. Mit dienstlichen Obliegenheiten hat das nichts zu tun. Dutzende von Flugstunden im Laufe weniger Wochen und immer wieder musste Bürklein ihm Unterricht geben, statt seinen Dienstpflichten nachzukommen. Ich frage Sie, Herr Ministerpräsident, warum muss ein Staatssekretär ein perfekter Hubschrauberpilot werden? Das wird niemand einsehen, die Presse nicht und die Opposition im Landtag nicht, wenn sie davon erfährt. Ich meine, es wäre gut diesen Flugsüchtigen rechtzeitig aus dem Verkehr zu ziehen!"

Der Ministerpräsident nebelte sich wieder ein. Knurrende Laute hinter den Wolken ließen erkennen, dass Unmut in ihm aufkam. Einerseits ärgerte ihn „die Tölpelhaftigkeit" seines Staatssekretärs, wie er dies später kennzeichnete, andererseits aber auch der anmaßende Ratschlag des Herrn Degen. Er legte seine Zigarre auf den Aschenbecher und erhob sich in drohender Massigkeit.

„Ich danke Ihnen für Ihren Bericht, Herr Degen," sagte er ein wenig herablassend. „Ich werde das Verhalten von Staatssekretär Hochkamm umgehend überprüfen lassen und gegebenenfalls die notwendigen Konsequenzen ziehen. Sollten Sie wieder einmal auf einen Flugsüchtigen treffen, wie Sie das nennen Herr Degen, wäre es gut, Sie würden ihm von vornherein keine Maschine geben, auch nicht aus Barmherzigkeit, wenn dies Ihr Motiv gewesen sein sollte!"

Degen wurde mit einem energischen Händedruck entlassen.

Zwar ärgerte er sich über den jähen Abschied, aber er war sich doch ziemlich sicher, erfolgreich an Hochkamms Kabinettssessel gesägt zu haben, und das gab ihm Genugtuung.

XVI

Der Artikel verbreitete sich im Ministerium in ungewohnter Schnelligkeit. Nicht, dass die Boulevard-Zeitung massenhaft gekauft worden wäre. Beamte sind sparsam, nicht mehr als drei entschlossen sich zum Kauf. Aber dann liefen die Kopiergeräte, die in den Gängen aufgestellt waren. Die Kopien wurden kopiert und die kopierten Kopien wiederum. Ein Papierstrom breitete sich aus, bis der Artikel nach wenigen Stunden auf jedem Schreibtisch lag.

Viele Beamte trafen sich am Kopierer, wie früher die Wasserholerinnen am Dorfbrunnen. Es bildeten sich Grüppchen, meist getrennt nach mittlerem, gehobenem und höherem Dienst. Man tuschelte, gestikulierte, grinste schadenfroh oder lachte gar laut, je nach Temperament und Kühnheit. Die Lautlacher waren wenige.

Stefanie Quick hatte den Artikel in der morgendlichen Pressemappe gefunden, die sie ihrem Chef vorlegen musste. Sie überflog ihn hastig und spürte dabei, wie ihr Puls jagte. Als sie sich versichert hatte, dass sie in den Enthüllungen nicht vorkam, wurde sie ruhiger. Es ging ausschließlich um Hochkamms Flugsucht. Schon die Überschrift „Der Überflieger" deutete darauf hin. Sie selbst stand im toten Winkel, wenn jetzt auf Hochkamm geschossen wurde. Man muss ein Gespür dafür haben, dachte sie, wenn die Machtverhältnisse sich verschieben. Die Beziehungen zu Schwarzkopf zahlten sich aus.

Ob er die Hände im Spiel hatte, Verdächtigungen lancierte? Er hätte ihr etwas davon sagen, wenigstens

Andeutungen machen können. Intimität ist schließlich nicht nur eine körperliche Angelegenheit, meinte sie. Auch da war sein Eifer erlahmt. Er besuchte sie nur noch alle acht bis zehn Tage abends in ihrer Wohnung, kam unangemessen rasch zur „Sache" und war danach nicht zu langen Plaudereien aufgelegt.

Eine Beziehungskrise konnte sie sich jetzt nicht leisten. Der Faden zu Schwarzkopf musste halten, bis Hochkamm aus dem Amt und ihre Stellung unter einem Nachfolger geklärt war. Vielleicht würde Schwarzkopf sie ins Ministerbüro holen.

Frau Stricker – noch immer vor der kahlen Wand – hatte den Artikel dreimal gelesen. Ganz in Ruhe hatte sie ihn genossen. Dann richtete sie – seit langer Zeit zum ersten Mal – das Wort an Stefanie Quick. „Endlich," sagte sie. „Das war höchste Zeit! Aber das wird nicht alles sein. Da kommt noch einiges nach. Darauf können Sie sich verlassen, Frau Quick!"

Mit einem Ruck wandte sie sich auf ihrem Drehstuhl dem Raum zu, als stünde ihr der nun offen. In dem Blick, den sie Stefanie Quick mit weit geöffneten Lidern zuwarf, mischten sich Triumph und Mordlust.

„Gar nichts kommt da nach!" entgegnete Stefanie Quick und hielt dem stechenden Blick stand. Dann nahm sie die Pressemappe und ging hochaufgerichtet und mit festem Schritt in das Zimmer des Chefs.

„Ludwig", sagte sie, „jemand versucht dich abzuschießen. Da lies: ‚Der Überflieger'. Eine Ansammlung von Gemeinheiten! Man kann ja seinen besten Freunden nicht mehr trauen. Sogar der Bürklein hat offenbar gesungen. Der Bürklein, den du immer als deinen besten Flugkameraden bezeichnet hast. Nicht einmal präzis ist er in seinen Angaben, 250 Flugstunden gibt er an. Ich hab' jede aufgeschrieben. Es sind genau 246.

Und dann der Degen. Ich hab' dem Mann nie getraut. Seiner Frau übrigens noch weniger. Das hatte ich im Gefühl. Die wollte dich einfangen, die alte Schlange. Und als sie es nicht schaffte, hat sie zugebissen.

Er sagt, du hättest ihn ausgenutzt. Dass ich nicht lache! Umgekehrt wird ein Schuh daraus. Du solltest seine Geschäfte fördern und er hat dir seine Flugzeuge dafür geradezu aufgedrängt.

Na ja, man kommt gegen die Schufte nicht an in dieser Welt. Man kann ihnen nur ausweichen, solange es geht."

Eine Weile stockte Stefanie Quick. Es fiel ihr jetzt auf, dass Ludwig Hochkamm noch kein Wort gesagt hatte. Er stierte auf den Zeitungsausschnitt und seine Augen wanderten so rasch von oben nach unten und wieder hinauf, dass er nicht mehr als einzelne Satzteile erfasst haben konnte. „Kanaillen", sagte er schließlich. Nicht mehr.

Stefanie Quick betrachtete ihn von der Seite, wie sein Kopf sich so tief über den Schreibtisch beugte, als erwarte er den entscheidenden Schlag in den Nacken. Einen Moment kam Mitleid in ihr auf. Aber dann besann sie sich auf die Notwendigkeit, Abstand zu halten. Man schwimmt nicht im Strudel eines sinkenden Schiffs.

„Ludwig", sagte sie, „ich glaube, es ist nicht gut, wenn wir uns weiterhin im Dienst duzen. Privat ist das etwas anderes. Es könnte jetzt ja Leute geben, die dir auch aus unserer Beziehung einen Strick drehen wollen. Diese Beziehung hat sich in letzter Zeit ohnehin versachlicht, wenn ich das so ausdrücken darf. Ich meine, es wäre für uns beide von Vorteil, wenn wir das auch in der Anrede zum Ausdruck brächten."

„Herr Staatssekretär", fügte sie nach einer kurzen Pause hinzu und verbeugte sich leicht.

„Dass Ihnen das gerade jetzt einfällt, Frau Quick," sagte Hochkamm in einem Ton, der eher wehleidig klang als anklagend. „Und jetzt lassen Sie mich allein!" fügte er hinzu, als hätte er sich endlich auf seine Befehlsgewalt besonnen.

Er hatte wenig Zeit, den Artikel Satz für Satz in Ruhe zu lesen. Schon klingelte das Telefon und Frau Quick sagte, der Ministerpräsident wolle ihn sprechen.

„Hochkamm," begann der Ministerpräsident, ohne Grußformel. „Hochkamm, Sie haben sich verfranzt, wie die Flieger sagen, die Orientierung haben Sie verloren! Sie kurven am Himmel herum und sehen nicht mehr, was auf der Erde kreucht und fleucht. Das ist tödlich für einen Politiker. Da hilft nur: Zurück auf den Boden. Versetzung zur Infanterie! Fußlappengeschwader! Mühsam Fuß vor Fuß gesetzt den ganzen Tag und auf alles geachtet, was am Weg steht oder lauert. Abends dann von mir aus ein Fußbad für die Blasen."

Da der Ministerpräsident seine genüsslichen Betrachtungen über den künftigen Infanteristen Hochkamm für einen Moment unterbrach um tief rasselnd durchzuatmen, versuchte Hochkamm einzufallen.

„Herr Ministerpräsident", sagte er, „das ist doch alles üble . . ." Weiter kam er nicht. Der Ministerpräsident hatte wieder genügend Luft um zu herrschen.

„Ich weiß alles, was Sie sagen wollen," unterbrach er Hochkamm. Durchtriebene Spitzbuben sind das und Verräter. Der Degen hat Ihnen seine Flieger aufgedrängt, damit Sie seine Geschäfte fördern, und dem harmlosen Polizeimeister Dingsda hat irgendjemand die Zunge gelupft. Das nützt Ihnen doch nichts, Hochkamm. Den Degen haben Sie irgendwie vergrätzt. Der war schon bei mir und hat Sie angeklagt. Der steht zu seiner Aussage. Und der Polizeimeister macht eh' keine Falschaussagen. Sie bieten mir umgehend Ihren Rücktritt an, Hochkamm, heute noch. Aus gesundheitlichen Gründen, von mir aus, vielleicht ist Flugsucht ja eine neue Krankheit." Der Ministerpräsident kicherte. Es hörte sich merkwürdig an. Als benutze er die Kopfstimme anstelle seines kräftigen Basses.

„Nun ja, und dann sollten Sie schreiben, dass Sie die Staatsregierung mit den gegen Sie erhobenen Anschuldigungen nicht belasten wollen, ohne dem Ergebnis eventueller Untersuchungen vorzugreifen. Das klingt edel. Aber quälen Sie sich nicht mit der Formulierung. Das macht mein Kanzleichef. Er schickt Ihnen das Papier 'rüber, samt dem Entwurf einer Presseerklärung.

Die Geschichte mit Degen ist ja nicht kriminell. Bestechung lässt sich da nicht nachweisen. Ihre Lustflüge mit den staatlichen Hubschraubern könnten den Staatsanwalt eher interessieren, den Rechnungshof auf jeden Fall. Da sollten Sie rasch einen Brocken in den Ring werfen, damit die Raubtiere was zu kauen haben. Geld meine ich, tätige Reue, Ersatz der Benzinkosten usw.; Bußfertigkeit stimmt milde.

Abgeordneter können Sie bleiben, Hochkamm, jedenfalls vorerst, wenn Sie Fettnäpfe sorgfältig meiden. Keine Luftsprünge mehr, Hochkamm. Bodenhaftung behalten. Der Infanterist robbt auch.

Alles weitere erfahren Sie von meinem Kanzleichef. Er besucht Sie in einer Stunde."

Jetzt schwieg der Ministerpräsident, blieb aber am Apparat, wie Hochkamm den Atemzügen entnehmen konnte. Offenbar wollte er Hochkamm die Gelegenheit geben, etwas Abschließendes zu äußern. Bisher konnte der nur hin und wieder ein „Jawohl, Herr Ministerpräsident" einstreuen.

Dass er sich bußfertig zeigen musste, hatte er begriffen. Dann, spürte er, würde er nicht ganz aus der Gnade des Ministerpräsidenten fallen, nicht ins Bodenlose.

„Ich bedaure es außerordentlich, Herr Ministerpräsident," sagte er, „dass ich mich durch meine Flugleidenschaft zu Verfehlungen hinreißen ließ und dadurch der Staatsregierung und unserer Partei Schaden zufügte. Ich werde die von Ihnen vorgezeichneten Konsequenzen ziehen und mich um Wiedergutmachung bemühen. Ihnen, Herr Ministerpräsident, danke ich ganz außerordentlich, dass Sie mir die Chance zu einem Neuanfang in der Fraktion und in der Partei geben. Ich werde Sie nicht enttäuschen."

„Infanterie mit Bodenhaftung, Hochkamm," knurrte der Ministerpräsident zurück. „Leben Sie wohl!" Dann war die Verbindung abgebrochen.

Hochkamm starrte auf den Apparat und hatte das Gefühl völliger Verlassenheit. Früher hätte er in dieser Situation seine Mutter angerufen. Aber die hatte ihn verlassen. Frau Degen durfte die Rolle nicht übernehmen. Schon der Versuch hatte ihm den Hass ihres

Mannes eingebracht. Stefanie Quick war eine Fremde geworden, die ihm das Du verbot.

Trotzdem läutete er nach ihr. Sie sollte ihm wenigstens den Kaffee bringen, an dem er sich wärmen konnte.

An ihrer Stelle kam Frau Stricker. Frau Quick sei im Hause unterwegs, sagte sie, es gebe ja viel zu bereden jetzt. Sie beteilige sich nicht an dem Geschwätz. Sie tue ihre Pflicht und das genüge ja wohl.

„Ja," sagte Hochkamm, „das genügt. Stellen Sie das Tablett mit dem Kaffee hier auf den Schreibtisch."

Als er wieder allein war, umklammerte er die heiße Tasse mit beiden Händen, die Angst kalt und steif gemacht hatte.

XVII

Dass er in der Intensivstation der Chirurgischen Universitätsklinik lag, hatte man Hochkamm schon mehrmals gesagt. Aber er vergaß es wieder. Er sah seine Umgebung durch einen Schleier, der sich zuweilen verdichtete und ihn dann wie ein grauer Nebel einhüllte. Das seien noch die Nachwirkungen der langen Narkose, sagten die freundlichen Schwestern. Auch die starken Schmerzmittel betäubten ihn. Er solle einfach vor sich hindösen und nichts denken.

Nein, denken konnte man es nicht nennen, was in seinem Gehirn vor sich ging. Es waren Bilder, sprechende, sich bewegende Bilder, die sein Gedächtnis ihm vorsetzte.

Das Bild des Abgeordneten Salzdobler, zum Beispiel, mit der langgezogenen dunkelbraunen Warze unter dem linken Auge und den blaurot geäderten Backen.

„Ludwig," sagte er, „mach dir's wieder bequem auf den Sperrholzmöbeln im Abgeordnetenhaus. Biedermeier haben wir hier nicht wie im Ministerium. Dafür sind wir der Souverän." Dazu grinste er.

Dann zog er den Speck heraus, den er immer in der Schreibtischschublade hatte, wickelte ihn aus dem Cellophan-Papier, schnitt mit dem Taschenmesser eine dicke Scheibe ab, zerkleinerte sie in Würfel, die er mit der Klinge aufspießte und in den Mund schob.

„Magst auch a' Stück, Ludwig", sagte er und grinste wieder.

Hochkamm wollte den Salzdobler anschreien, er solle ihn in Ruhe lassen und ihn nicht Ludwig nennen.

Ihm grause vor der braunen Warze und dem Speck im Cellophan-Papier. Aber er konnte nicht schreien und er wusste, dass er nichts mehr zu sagen hatte und jeder in der Fraktion ihn duzen durfte.

Dann sah er in der Erinnerung den Plenarsaal des Landtags. Fast alle Abgeordneten hatten in den langsam aufsteigenden Reihen schon Platz genommen, als er durch eine Seitentür eintrat. Zum ersten Mal durfte er nicht mehr auf die Regierungsbank, auch in den ersten Reihen war kein Platz für ihn. Nein, er musste den Mittelgang hochsteigen, zwischen all den feixenden Kollegen hindurch bis zur letzten Reihe. Dort grinste ihm wiederum Salzdobler entgegen. Man hatte ihm den Platz daneben zugeteilt. Warum nicht? Sie teilten sich das Abgeordnetenbüro. Sie gehörten derselben Fraktion an. Sie waren nun beide Hinterbänkler!

Dem Eingaben- und Beschwerdeausschuss hatte man ihn zugeteilt. Die meisten Eingaben, die der Vorsitzende ihm gab, stammten von Querulanten, Neurotikern und Schizophrenen. Da konnte nur böswillige Absicht dahinterstecken. Die Ideen der Irren, jetzt kehrten sie wieder in den Bildern seiner Erinnerung: Die kontinuierliche Knödelmaschine, zum Beispiel, die von einem Windrad angetrieben wurde, oder die rasend wachsenden Schachtelhalme, die als Brennstoff dienten und Deutschland vom Öl unabhängig machen sollten.

Wenn er eindöste, kamen die Alpträume. Dann robbte er durch den Plenarsaal des Landtags. Nur mit den Ellenbogen. Die Beine durfte er nicht bewegen.
So musste er hinaufkommen zu seinem Sitz in der letzten Reihe. Er schaffte es nicht. Er stöhnte. Aber

hinter ihm tönte die Stimme des Ministerpräsidenten: „Behalten Sie Bodenhaftung, Hochkamm! Keine Luftsprünge! Der Infanterist robbt".

Konnte er dann die Augen wieder offen halten und in den Nebel schauen, sah er sich abends vor dem Fernseher sitzen, allein in seiner kahlen Wohnung. Immer wieder Nachrichten, mit all den prominenten Politikern. Nichts als Wichtigtuerei. Ein Jahrmarkt der Eitelkeiten. Er konnte es nur mit Alkohol ertragen. Keine scharfen Sachen, nur Rotwein. Erst eine, dann zwei Flaschen am Abend. Württemberger Trollinger hatte ihm der Salzdobler empfohlen. Der sei harmlos, sozusagen schwäbisch solide. Garantiert keine Kopfschmerzen am anderen Morgen. Aber zwei Flaschen waren nötig, bis er ins Bett sank, manchmal ohne sich auszuziehen, in Hemd und Hose. Nur die Schuhe hatte er sich abgestreift und die Krawatte irgendwo auf den Boden geworfen. Das war dann ein Schlaf wie in der Narkose. Und der Schädel blieb dumpf jeden Morgen, wenn der Wecker schellte, das Gehirn wie verkleistert, gar nicht schwäbisch-solide, auch nicht mit dem Trollinger.

Es gab auch lichte Stunden, manchmal. An die erinnerte er sich in seinem Krankenbett gegen Abend, wenn der Tag bald durchlitten war und die Schlaftablette in Aussicht stand, die alles vergessen ließ.

Lichte Stunden waren nur dann gekommen, wenn er den Mut gefunden hatte zur Befehlsverweigerung. Da konnte der Ministerpräsident sagen, was er wollte, er, Hochkamm, war kein Infanterist, er brauchte keine Bodenhaftung, er brauchte den hohen Äther, wie die Lerche. Wenn ihn diese Euphorie überkam, jäh und unvermittelt, stieg er ins Auto und fuhr zu dem kleinen Flugplatz für Privatflieger, auf dem die Maschinen des Fliegerclubs standen. Dem Flugwart gab er viel Trinkgeld und meistens hatte er eine Maschine für ihn. Schon beim Start, wenn die Maschine sich wenige Meter vom Boden abgehoben hatte, atmete er leichter, wich das Dumpfe aus seinem Kopf, und mit jedem Meter, den er stieg, stieg auch die Leichtigkeit. Am liebsten kreiste er über hohen Bergen, die weißen Gipfel unter sich und den blauen Himmel über sich. Dann begann er zu singen, jubelnde, aufwärts schwingende Melodien, die ihm zuströmten aus der Erinnerung oder aus eigener Phantasie. Textlos sang er sie, auf sinnlosen Silben, Wörtern, Vokalen, die er in die Ungebundenheit entließ wie sich selbst.

Nach einer Stunde musste er landen und die Dumpfheit des Bodens hatte ihn wieder.

Die Ärzte sagten ihm die Wahrheit nur in kleinen Portionen. Sie hatten ihn mehrmals operiert. Aber er hatte noch immer kein Gefühl in seinen Beinen und konnte sich nicht bewegen.

Eine der freundlichen Schwestern sprach schließlich das Wort Querschnittslähmung aus. Die Ärzte erzählten von Hoffnungen und von Fällen, in denen späte Besserung erzielt wurde.

Anderntags schickten sie einen Psychiater an sein Bett. Der stocherte in den Ursachen des Unfalls. Er sei doch ein vorzüglicher Pilot, meinte er, habe lange Flugerfahrung. Ein technischer Mangel sei an dem Wrack des Flugzeugs nicht festgestellt worden. Also sei ihm ein Bedienungsfehler unterlaufen. Absichtlich oder fahrlässig? Und warum? Das müsse er sich doch fragen.

Er fragte es sich ständig. Er erinnerte sich genau an diesen Morgen. Die Nachrichten versprachen sonniges Wetter, Flugwetter. Aber er fand zunächst nicht den Mut, die Bodenhaftung aufzugeben, hinauszufahren zum Fliegerclub. Obwohl noch benommen vom Rotwein des Abends, griff er zur Flasche. Einen halben Liter, mehr war es nicht. Jetzt wagte er aufzubrechen. Er spülte den Mund gründlich mit Odol, sprühte sich ein mit einem stark duftenden Aftershave. Der Flugwart sollte den Alkohol nicht riechen. Sonst würde er ihm keine Maschine geben. Der hatte trotzdem gezögert. Ob ihm nicht ganz wohl sei, hatte er gefragt. Er sehe blass und übernächtig aus. Hochkamm musste das Trinkgeld verdoppeln. Dann rollte er an den Start. Und wieder wurde ihm leichter, schwand die Benommenheit mit jedem Meter, den er höher stieg. Er sang nicht, er brüllte vor Übermut. Und plötzlich packte ihn die Lust, ein riesiges Rad in den Himmel zu drehen. Es war Jahre her, dass er den Looping mit seinem Fluglehrer geübt und schließlich auch beherrscht hatte. Er zog die Maschine steil nach oben, zeichnete die obere Rundung des Kreises in der Rücklage, um dann in die Tiefe zu stürzen. Jetzt hätte er die Maschine abfangen, wieder in die Waagrechte bringen sollen. Aber er stürzte weiter. Wenn er sich nach dem Grund fragte, meinte er sich zu erinnern, dass er für einige Sekunden das Bewusstsein verloren hatte. Er war wohl nicht mehr fit genug für solche Akrobatik. Ärger, Stress und Alkohol machten sich bemerkbar. Als er wieder zu Bewusstsein kam, sah er die braune Erde des Ackers auf sich zurasen. Jetzt versuchte er die Maschine noch abzufangen, sie auf den Acker aufzusetzen. Aber es wurde eine Trümmerlandung, Trümmer, die ihn einquetschten und bewusstlos schlugen für Stunden, bis er in der Klinik aufwachte.

Ob der Sturz in den Acker nicht doch seinem Willen oder zumindest seiner unterbewussten Sehnsucht entsprochen hätte, fragte der Psychiater. Er habe doch schon mit dem Alkohol begonnen sich selbst zu zerstören. Der abgebrochene Looping sollte offenbar das Zerstörungswerk vollenden. „Wir sollten das zusammen aufarbeiten in den nächsten Tagen, damit Sie ein neues Leben aufbauen können."

„Sie meinen, ich sei ein Selbstmörder", sagte Hochkamm. „Zumindest ein potentieller Selbstmörder. Aber daran hab' ich noch nie gedacht. Dazu hatte ich zu viel Lebenslust in den lichten Stunden, oben unter dem Himmel. Warum sollte ich mich aus dem Übermut hinunter in den Orkus stürzen? Da würde ich es denen zu leicht machen, die mich abgehalftert haben. Nichts ist angenehmer als ein missliebiger Parteifreund, der im Grab liegt. Einmalige Ausgaben für einen mittelprächtigen Kranz, ein paar scheinheilige Phrasen als Nachruf und der Fall ist abgeschlossen. Wissen Sie, was mir eingefallen ist, kurz nachdem mir die Schwester zum ersten Mal angedeutet hat, dass ich querschnittsgelähmt bleiben könnte? Sie werden es nicht glauben. Ich sah mich im Rollstuhl in den Plenarsaal des Landtags fahren und ich blickte in lauter peinlich berührte, höchst verlegene Gesichter. Bisher war die Gefühlslage ja einfach: Verachtung für den Flugnarren auf Kosten des Staates und der Wirtschaft, den der Ministerpräsident abserviert hat. Aber jetzt hätte es sich ja eigentlich gehört, Mitleid zu haben mit dem Mann im Rollstuhl. Wie sollen die armen Kollegen diesen Gefühlswirrwarr auf einen Nenner bringen? Da bleibt nur peinliche Verlegenheit.

Und dann das Problem, wo man den Rollstuhl-Abgeordneten hinstellen soll. Neben die letzte Bank? Da hinauf müsste man erst eine Rollbahn bauen. Über die Stufen geht es nicht. Am einfachsten wäre es, ihn neben die vorderste Bank zu stellen. Aber der Platz steht dem Kerl ja eigentlich nicht zu. Nichts als Schwierigkeiten!"

Jetzt lachte Hochkamm, kurz und ein wenig grimmig, aber er lachte, zum ersten Mal seitdem er in die Klinik gebracht worden war.

„Glauben Sie jetzt, dass ich mich nicht umbringen will?" sagte er zu dem Psychiater, der neben seinem Bett saß.

„Eine akute Suizidgefahr besteht wohl nicht", räumte er ein, ohne den Ernst seiner Aussage durch ein Lächeln leichter zu machen.

„Es wäre dennoch gut," fuhr er im selben unbeirrten Ernst fort, „wir würden versuchen, Ihre Traumata der letzten Zeit gemeinsam aufzuarbeiten."

„Das will ich doch lieber allein versuchen", gab Hochkamm zurück. Dann legte er den Kopf erschöpft zurück auf das Kissen und überließ sich erneut den Bildern, die ihm aus der Erinnerung zuflossen.

XVIII

Karin Degen war unterwegs zur Rehabilitationsklinik „Wiesengrund", in der Hochkamm lernte, mit seiner Querschnittslähmung umzugehen.

Es fiel ihr schwer, sich hinter dem Steuer ihres Audi-Cabriolets auf den Verkehr zu konzentrieren. Sie hatte bis zuletzt gezweifelt, ob es richtig sei Hochkamm zu besuchen. Was verband sie mit diesem Mann? Wenn sie jemals Sympathie oder gar mehr für ihn empfunden haben sollte, so war das nach dem gemeinsamen Urlaub im Engadin nicht mehr lebendig. Sie hatte die Treffen mit ihm schließlich ganz eingestellt.

Neugierig war sie gewesen, was denn hinter einem „hoffnungsvollen, jungen Politiker" steckt. Nichts als Ehrgeiz und Eigenliebe, pflegte sie jetzt zu sagen. Der Fall Hochkamm war für sie erledigt. Dies um so mehr, als sie inzwischen eine feste Bindung zu einem Mann eingegangen war, der genügend Selbstsicherheit besaß, um sie neben sich gelten zu lassen, ja sie zu bewundern.

Ihre Gedanken kreisten erst wieder um Hochkamm, seitdem sie den Artikel „Der Überflieger" gelesen hatte. Sie fand ihn einseitig, ja ein wenig heimtückisch, was die Flüge mit den Firmenmaschinen ihres Vaters anlangt, und sie nahm es ihrem Vater übel, dass er den Journalisten so einseitige Auskünfte gegeben hatte, wenn er nicht gar der Anstifter für diesen Artikel gewesen war, was sie argwöhnte.

Sie fühlte sich erwachsen genug um ihrem Vater offen die Meinung zu sagen und so kam es zu einem

Streitgespräch, in dem sie – nach hitzigem Wortwechsel – ihrem Vater vorwarf, er sei ein skrupelloser Geschäftsmann, der seinen Vorteil mit Bestechung verfolge und den Bestochenen gewissenlos zur Strecke bringe, wenn der gewünschte Erfolg ausbleibt. Er wäre, so gipfelte ihre zornige Anklage, auch nicht davor zurückgeschreckt, seine Tochter als Bestechungsmittel einzusetzen, wenn sie damals mitgespielt hätte.

Vater Degen fand solche Anschuldigungen unverschämt, auch wertete er sie im Hinblick auf die Höhe seines Monatswechsels als groben Undank.

So waren die Beziehungen zwischen Vater und Tochter längere Zeit gestört. Karin Degen sagte sich aber schließlich, dass der Fall Hochkamm eine nachhaltige Familienspaltung nicht rechtfertige, zumal die Rückstufung vom Staatssekretär zum einfachen Abgeordneten – so meinte sie – keinen Unschuldigen getroffen hatte und ein solcher Schock der charakterlichen Entwicklung eines allzu ehrgeizigen Politikers sogar nützen könnte.

Sie fand entschuldigende Worte für ihre Hitzköpfigkeit, die der Vater mit erneuter Erhöhung des Monatswechsels entgalt.

Familienstimmung und Karins Gemüt wären somit ausgeglichen gewesen, wenn nicht nach einiger Zeit die erschreckende Nachricht vom Absturz des fliegenden Abgeordneten und dessen schweren Verletzungen durch die Medien gegangen wäre. Eine Zeitung hatte daran die Spekulation geknüpft, es habe sich um einen Selbstmordversuch gehandelt, eine andere, es seien Drogen und Alkohol im Spiel gewesen. Karin Degen sah einen Verzweifelten sich vom Himmel stürzen und sie konnte das Gefühl nicht abschütteln, sie und ihre Familie seien in diese Tragödie schuldhaft verwickelt.

Sie hatte das Bedürfnis sich darüber auszusprechen und besuchte deshalb ihre Mutter, von der sie wusste, dass sie viel Sympathie für Hochkamm empfunden hatte. Es erwies sich, dass Mutter und Tochter in gleichem Maße beunruhigt waren. Man einigte sich rasch, der Verunglückte sollte besucht und ihm Trost und Zuversicht gespendet werden.

Karin wollte ihrer Mutter den Vortritt lassen. Die aber erklärte sich völlig außerstande zu solchem Einsatz. Der bisher nichts ahnenden Tochter gestand sie ihren mütterlich fürsorgenden Umgang mit Hochkamm, der die beiden in missverständliche Nähe gebracht und damit Vater Degens wütende Eifersucht ausgelöst hatte. Eile sie jetzt zu Hochkamm, werde Vater Degens Groll – so fürchtete sie – neu erwachen. So blieb die Gewissenspflicht bei Karin.

Sie hatte ihren Besuch angemeldet. Hochkamms Stimme am Telefon war leiser gewesen als früher, leiser und unsicher, so als fürchte er nicht die richtigen Worte zu finden. Aber sie hatte ehrliche Freude über ihre Besuchsabsicht herausgehört. Er habe bisher in der Reha-Klinik nur einen einzigen Besuch bekommen, sagte er. Das sei sein früherer persönlicher Referent Lindenblatt gewesen, ein Beamter alten Typs. Der frage nicht, was ihm Vorteil bringt, der frage nur, was Pflicht und Anstand von ihm fordern. Eine aussterbende Gattung, dieser Beamtentyp, meinte er, für dessen Erhalt weder der Natur – noch der Denkmalschutz zuständig seien.

Hier hatte Hochkamm am Telefon zwar kurz und gepresst, aber doch deutlich vernehmbar gelacht. Sie würde also keinen völlig gebrochenen, schwer depressiven Mann antreffen, war ihr da durch den Kopf gegangen, und die Gewissenspflicht hatte nicht mehr ganz so schwer auf ihr gelastet.

Dennoch erschrak sie, als Hochkamm in der Eingangshalle der Klinik auf sie zurollte. Er hat immer den Überlegenen gespielt, dachte sie, und jetzt diese Hilflosigkeit. Ich weiß nicht, wie ich das auffangen soll! Auch bemerkte sie, wie sehr sich sein Gesicht verändert hatte. Tief eingegrabene Furchen liefen von beiden Nasenflügeln hinunter zu den Mundwinkeln. Die Augen waren stumpf und von dunklen Ringen eingerahmt. Auch das blond gelockte Haar hatte seinen Glanz verloren, war dünn und strohig geworden.

„Der Anblick eines Krüppels schockiert Sie offensichtlich!" sagte Hochkamm und versuchte dabei zu lächeln. Karin Degen beeilte sich zu versichern, dass von einem Schock keine Rede sein könne. Aber dieses verlegene Ausweichen war ihr überaus peinlich und sie spürte, dass sie diesem Mann Ehrlichkeit schuldete.

Hochkamm drängte ins Freie. Ob er ihr zumuten könne, ihn ein Stück spazieren zu fahren, fragte er. „Nicht mit Ihrem schicken Cabriolet. Mit dem Rollstuhl, meine ich. Eigentlich müsste ich da sagen ‚spazierenschieben'. Eine Zumutung, ich weiß. Aber es findet sich so selten jemand, der mir den Gefallen tut."

Karin Degen tat es gern. Wenn sie den Rollstuhl schob, brauchte sie Hochkamm nicht ins Gesicht zu blicken. Es fiel ihr so leichter mit ihm zu reden.

Die Klinik lag auf einer Hochebene der Voralpen-
landschaft inmitten ausgedehnter Wiesen, unterbro-
chen nur von vereinzelten Baumgruppen, die die Sicht
auf die mit Schnee bedeckten Alpengipfel nicht be-
hinderten.

„Eine Weite, fast wie aus dem Flugzeug," sagte
Hochkamm. „Eigentlich schöner, durch die Stille und
die Langsamkeit. Auch durch die Nähe, die die Weite
ausgleicht, die Nähe, den Geruch des Grases und der
Erde. Wenn man sich nicht mehr bewegen kann, ist
man gezwungen langsam zu sein und sich auf das
Nahe zu konzentrieren."

Karin Degen traute dem Frieden nicht, der Idylle
von der Hochkamm redete. Die Anklage musste ja
noch kommen. Sie wollte sie so rasch wie möglich
hinter sich bringen.

„Sie müssen sehr verbittert sein," sagte sie, „nach all
dem, was über Sie hereingebrochen ist, die Entlassung
als Staatssekretär, der Verlust von Macht, Ansehen
und Freunden und dann noch der Absturz mit den
entsetzlichen gesundheitlichen Folgen!"

„Verbittert, ja, verbittert vor allem über menschliche
Gemeinheit, Untreue, Verrat. Das klagt man an in
seiner Einsamkeit und findet kein Echo, und am Ende
schlägt alle Anklage zurück auf einen selbst. Ich war
schrecklich naiv, Frau Degen, unglaublich naiv. Ich
habe Interessenvertretung mit Freundschaft verwech-
selt.

Ihr Vater vertritt die Interessen der Firma. Er muss
Hubschrauber und Waffen verkaufen. Andere Menschen sind ihm dabei nützlich oder nicht. Das bestimmt ihren Wert. Eine einfache, berechenbare Welt.

Der Politiker hat es da schwerer. Was gut ist für Ford, ist gut für Amerika. Das kann ja wohl nicht mehr das Leitbild sein. Was tut er also im Dschungelkampf der Interessen? Das Allgemeinwohl hochhalten? Wie wollen Sie das definieren? Sicher nicht mehr mit Preußens Gloria. Das größtmögliche Glück der größtmöglichen Zahl? Aber was ist Glück? Man gerät leicht auf Irrwege bei hochgesteckten Zielen. Etwas Gerechtigkeit für die, die keine pressuregroup hinter sich haben wäre auch schon viel, denke ich. Als Ziel würde es mir genügen um mich einzusetzen."

Sie waren jetzt auf einem nicht asphaltierten Weg mit tiefen Furchen, die die schweren landwirtschaftlichen Traktoren gegraben hatten. Karin Degen tat sich schwer voranzukommen. Sie blieb stehen um zu verschnaufen.

Immer geht dieser Hochkamm weg von sich selbst und seinem persönlichen Schicksal, dachte sie. Ich muss ihn wieder dahin zurückführen.

„Und was werden Sie tun, Herr Hochkamm, wenn Sie aus dieser Klinik entlassen werden?" fragte sie.

Hochkamm versuchte Kopf und Oberkörper ein wenig nach hinten zu drehen, als wollte er sicherstellen, dass Karin Degen seine Antwort auch verstand.

„Ich bin Abgeordneter", sagte er. „Mein Mandat läuft noch ein Jahr. Es niederzulegen, den Gefallen werde ich meiner Partei nicht tun. Von der angedrohten Strafverfolgung höre ich nichts mehr. Auf einen Übeltäter einzuschlagen, der ohnehin am Boden liegt, ist nicht sehr populär. Und die Kosten meiner privaten Polizeiflüge hab' ich auf Heller und Pfennig erstattet."

„Ein Jahr ist nicht lange," warf Karin Degen ein.

„Ich werde wieder kandidieren!" Das klang wie ein trotziges Bekenntnis.

„Sie sind skeptisch, Frau Degen, das spüre ich ohne Sie recht zu sehen! Natürlich wird es schwer sein. Ich muss einen ganz anderen Stil entwickeln. Reden, mit denen ich die Massen begeistere, das geht nicht mehr. Vom Rollstuhl aus bekommen sie die Menge nicht in den Griff, können sie nicht ein Gefühl der Macht, des gesteigerten Selbstbewusstseins übertragen. Die Ohnmacht will die Menge nicht mit ihnen teilen. Nein, auf mein großes Redetalent kann ich nicht mehr bauen. Mit den Aufschwüngen himmelwärts ist es aus seit dem Absturz.

Ich muss im Kleinen beginnen, von Mensch zu Mensch. Das war nicht meine Stärke, ich weiß es. Aber seitdem ich ein Krüppel bin und Hilfe brauche, geht es besser. Die Schwestern hier lieben das Gespräch mit mir. Dem Verletzten traut man Ehrlichkeit zu und Verständnis für die Verletzungen des Andern. Gewählt haben mich die Bürger meines Wahlkreises. Ich vertrete sie. Mit ihnen muss ich das Gespräch suchen von Mensch zu Mensch, sie aufsuchen in ihren Häusern, sie zu kleinen Treffen bitten, mich ihrer Sorgen annehmen. Nicht ihnen meinen Willen aufreden. Nein, ihren Willen aufnehmen und weitertragen.

Ein Jahr lang in dieser Weise arbeiten und ich werde so mit meinen Wählern verbunden sein, dass der Kreisverband gar nicht umhin kann mich wieder aufzustellen."

„Es ist schön, dass Sie wieder so viel Energie und Optimismus haben!" sagte Frau Degen. „Da wird auch der Erfolg nicht ausbleiben." Zu diesem Satz musste sie sich zwingen und sie hatte Angst, man würde dies ihrer unsicheren Stimme anmerken.

Es war Zeit zurückzukehren zur Klinik. Sie tranken dort noch Kaffee zusammen. Aber ihr Plaudern blieb jetzt an der Oberfläche. Beim Abschied sagte Karin Degen, sie werde in Kürze heiraten und dann ihr eigenes Heim haben. Dort sei er jederzeit willkommen, wenn er ihr Gespräch fortsetzen wolle, das – so glaube sie – ein gutes Gespräch gewesen sei. Sie wünsche ihm von Herzen Glück für einen neuen Anfang in seiner politischen Arbeit.

Noch am selben Abend besuchte Karin Degen ihre Mutter, die voller Spannung auf ihren Bericht wartete. Karin gab das Gespräch mit Hochkamm ausführlich wieder.

„Armer Ludwig", bemerkte ihre Mutter darauf und ihre Stimme ließ erkennen, dass sie der Bericht berührt hatte. „Mir scheint, unser Flieger ist noch immer nicht auf dem Boden der Tatsachen angekommen. Den Verletzten, den Ohnmächtigen fliegen die Herzen der Menschen nicht zu, mögen sie sich noch so sehr anstrengen!"

Über den Autor:

Dietrich Bächler, geb. 1929 in München, studierte Rechtswissenschaft in Tübingen und München. Von 1959 bis 1994 war er im Bayer. Wissenschafts- und Kunstministerium tätig, zehn Jahre als Leiter der Universitätsabteilung, zuletzt als Leiter der Kunstabteilung. Seit seiner Pensionierung arbeitet er in der Direktion des Germanischen Nationalmuseums in Nürnberg.

Weitere Bücher des Autors bei BoD:

Der beamtete Korse
Satirischer Roman
2000, 172 Seiten

Anschlag auf Goethe
Roman
2000, 171 Seiten

Ruhestand
Roman
2001, 162 Seiten